Mariage à mi-temps

JESSICA STEELE

Mariage à mi-temps

HARLEQUIN

COLLECTION AZUR

Cet ouvrage a été publié en langue anglaise
sous le titre :
PART-TIME MARRIAGE

Traduction française de
CÉCILE DESTHUILLIERS

83-85, boulevard Vincent-Auriol, 75013 Paris — Tél. : 01 42 16 63 63
Service Lectrices — Tél : 01 45 82 47 47
ISBN 2-280-04932-5 — ISSN 0993-4448

Prologue

Emma se trouvait au Montgomery, un restaurant chic du quartier d'affaires de la City où elle devait retrouver son amie Lois. Elle venait de prendre place à une table pour siroter le gin tonic qu'elle avait commandé lorsqu'elle entendit des voix masculines dans le box voisin.

— Ce vieux Noah !

— Marcus ! Ravi de te revoir !

Intriguée, la jeune femme leva les yeux. Dans le grand miroir qui longeait la salle, elle pouvait voir le reflet de ses deux voisins.

Une trentaine d'années chacun, estima-t-elle, et la même apparence d'hommes d'affaires : costume sombre, chemise claire, cravate sobre. Mais la ressemblance s'arrêtait là. Le premier, blond et massif, s'exprimait d'une voix agréablement modulée, tandis que le second, œil de braise et physique d'athlète, possédait un timbre grave, presque feutré.

Emma détourna le regard par crainte de se montrer indiscrète, mais il lui était impossible de ne pas entendre la conversation des deux hommes.

— Alors te voilà directeur international ? s'enquit le viking — Marcus, si elle ne se trompait pas.

— Et toi, futur P.-D.G. de Stanton, si j'en crois la rumeur ? répliqua le beau ténébreux — Noah, par conséquent.

— Oui, mais ça ne va pas sans casse, répondit Marcus d'un ton fataliste.

— Que veux-tu dire ?

— Je ne vois pratiquement jamais les enfants. Je n'étais même pas à la maison pour l'anniversaire du petit dernier !

Un garçon vint alors prendre leurs commandes, interrompant la conversation. Lorsque Emma reprit le fil de leur échange, Marcus venait de poser une question à son ami.

— Comme toi, pas sans casse, répondit ce dernier. Il y a toujours un prix à payer ; en ce qui me concerne, c'est de ne pas avoir de famille.

— Toi ? Tu veux une famille ? Première nouvelle !

— A vrai dire, je ne tiens pas particulièrement au mariage. Mais j'avoue qu'il m'arrive de me demander où je vais, ce que je veux de la vie...

Marcus laissa échapper un rire sonore.

— Vu le poste que tu occupes, difficile de grimper plus haut dans la hiérarchie !

— Ce n'est pas cela. J'adore mon boulot. Mais...

— Mais il te manque quelque chose ?

— Disons plutôt quelqu'un.

Il y eut un silence, puis Emma entendit Noah poursuivre d'une voix mélancolique :

— Un fils. Plus j'y pense, plus je me dis que j'aimerais avoir un fils.

— Moi qui te prenais pour le célibataire le plus endurci de Grande-Bretagne !

— Je le suis toujours. Mais disons que je serais prêt à abandonner provisoirement ce statut. Le temps d'avoir un héritier.

— Arrête-moi si j'ai mal compris. Tu envisages un contrat de mariage à durée déterminée ?

— En quelque sorte. Je ne vois pas d'autre solution si je veux un fils.

— C'est une plaisanterie ! s'exclama Marcus, formulant à voix haute ce qu'Emma se disait en elle-même.

Mais Noah s'était exprimé d'une voix si nostalgique, si vibrante d'espoir ! Etait-il possible qu'il prît son idée au sérieux ?

— Je t'assure que ce n'est pas une blague. Trouve-moi une femme qui accepte de m'épouser, de me donner un fils puis de divorcer, et tu verras que mon projet n'est pas si farfelu qu'il y paraît.

— Tu auras toujours de ces idées ! fit Marcus, mi-railleur, mi-désabusé. Mais permets-moi de te signaler que ton plan comporte deux écueils majeurs. La dame, d'abord. Tu en connais une qui accepterait de telles conditions ?

— Je compte justement sur ton aide pour la rencontrer. Il doit bien exister une femme qui aimerait avoir un enfant, mais refuse tout engagement affectif !

— Pourquoi ne la cherches-tu pas toi-même ?

— Pas le temps.

— Evidemment, vu ton agenda surchargé...

— Premier point réglé, donc. Quel est le second défaut de mon plan ? s'enquit Noah.

— L'enfant. Et si c'était une fille ?

Emma ne sut pas quelle fut la réponse de Noah. A cet instant précis, elle vit Lois apparaître au bout de l'allée qui menait à sa table. Elle s'apprêtait à se lever pour accueillir son amie lorsque celle-ci s'arrêta à la hauteur de la table des deux hommes, le sourire aux lèvres.

— Bon appétit, Marcus ! lança la jeune femme.

— Oh, bonjour, Lois ! Tu connais Noah Peverell ? répondit l'interpellé en désignant son camarade, qui se levait à son tour pour saluer celle-ci.

Emma était un peu gênée de jouer les voyeuses, mais la curiosité l'emporta. Tandis que Marcus effectuait les présentations, elle observa, intriguée, l'homme en quête d'une « épouse à durée déterminée ». Grand et solidement bâti, ce dernier était doté d'une grâce féline qui accentuait son élégance naturelle.

Séduisant mais dangereux, jugea Emma, impressionnée par l'autorité qui émanait de lui. Le genre d'homme à qui on ne s'opposait pas sans d'excellentes raisons...

Avait-il senti qu'elle l'observait ? Emma le vit soudain lever les yeux vers elle. L'espace d'une seconde, elle se sentit aimantée par deux iris gris aux reflets métalliques, qui semblèrent plonger en elle jusqu'à l'âme.

Lorsqu'elle parvint à s'arracher à la fascination qu'il exerçait sur elle, elle détourna vivement les yeux, en proie à un trouble indéfinissable. En un seul regard, cet homme venait de faire preuve de plus d'indiscrétion qu'elle-même en écoutant ses confidences...

1.

Emma raccrocha le téléphone, découragée. Comme chaque soir depuis plusieurs semaines, sa mère venait de l'appeler pour l'entretenir du sujet qui lui tenait le plus à cœur, son espoir de la voir se marier au plus vite... et comme chaque soir depuis plusieurs semaines, Emma avait tenté en vain de lui expliquer que le mariage ne l'intéressait pas.

Pourquoi sa mère refusait-elle de comprendre que son statut de célibataire lui convenait à la perfection ? D'un geste las, la jeune femme referma le dossier ouvert sur la table de son séjour. Elle n'avait plus la moindre envie de travailler, à présent.

La vie aurait pourtant été si simple sans l'idée fixe de sa mère de la voir « établie » — à savoir nantie d'un mari, d'une belle maison à la campagne, après avoir bien sûr quitté son job pour se consacrer à sa future nombreuse progéniture.

En ce qui la concernait, Emma était parfaitement satisfaite de son existence. Un très bon poste chez Colman et Fisher — une des premières sociétés de marketing sur la place de Londres —, un appartement orienté plein sud avec vue sur Hyde Park, et une santé de fer. Elle n'avait nul besoin d'un mari !

D'après sa mère, « à son âge », Emma aurait pourtant dû éprouver les plus vives inquiétudes à l'idée de n'être toujours pas établie. A son âge! Vingt-cinq ans, ce n'était pas encore canonique, tout de même?

Quant à sa situation personnelle, Emma ne partageait pas les inquiétudes de sa mère.

« Mais maman, je suis établie! venait-elle d'expliquer à celle-ci. Je gagne bien ma vie, j'ai un travail que j'adore, et si tout se passe bien, j'aurai bientôt une excellente promo... »

« Je ne parle pas de cela », l'avait interrompue Kaye Aston avec un accent de désespoir.

Emma avait alors ravalé un rire ironique. Elle savait parfaitement ce que sa mère entendait par « établie »... et elle savait aussi qu'elle n'était pas faite pour cette vie-là. Les couches et les biberons, ce n'était pas sa vocation! Mais pour rien au monde elle n'aurait voulu blesser sa mère.

A défaut de convaincre celle-ci qu'elle ne partageait pas ses vues, elle pouvait au moins gagner du temps. Aussi s'était-elle contentée de réponses évasives. Oui, elle voulait bien faire un effort et se montrer agréable avec les célibataire que sa mère s'évertuait à lui présenter. Non, elle ne pourrait pas venir ce week-end, mais la prochaine fois, peut-être...

Emma laissa échapper un soupir de lassitude. Tout cela, c'était de la faute de sa cousine Joanna — un an de moins qu'elle, mais déjà mariée et toute jeune maman d'une adorable petite Betsy. Depuis la naissance du bébé, Kaye Aston était devenue intenable. Pensez, sa sœur cadette, grand-mère avant elle! Il y avait de quoi se sentir dépassée par les événements, non?

La jeune femme se dirigea vers la cuisine. Une bonne tasse de thé l'aiderait à calmer ses nerfs survoltés. La pression maternelle ajoutée à l'urgence quotidienne de son travail, c'en était trop...

En réalité, plus que les interminables discussions au

téléphone, le plus difficile pour elle était de constater que sa mère ne la comprenait pas. Son appartement, par exemple. Bien sûr, ce n'était pas un cottage avec tommettes et poutres apparentes niché au cœur de la campagne, et jamais il ne ferait l'objet d'un reportage dans une revue de décoration. Et après ?

Dans son trois pièces lumineux situé en plein centre de Londres et équipé de tout le confort moderne, elle était la plus heureuse des femmes ! N'était-ce pas le plus important ?

Une tasse fumante à la main, Emma s'adossa au plan de travail de la cuisine et réfléchit à la tournure qu'avaient pris ses relations avec Kaye depuis quelque temps. Non seulement cette dernière refusait d'écouter ses arguments, mais elle s'était mis en tête qu'elle souffrait d'une cruelle désillusion sentimentale.

Aussi, non contente de la tarabuster pour qu'elle s'établisse — selon sa propre définition du terme —, sa mère avait entrepris de lui faire rencontrer l'homme de sa vie. Malgré sa colère, Emma sourit.

Elle se souvenait de ces jeunes gens bien sous tous rapports, auxquels Kaye s'évertuait à la présenter lors de chaque réunion entre voisins, de ces visites « impromptues » de gentils garçons qui arrivaient comme par le plus grand des hasards à l'heure du thé et que, bien sûr, on retenait à table. Parfois même, étrange coïncidence, leur couvert était mis avant leur arrivée... Kaye s'imaginait-elle qu'elle était dupe ?

Bien sûr, Emma continuait de rendre visite à ses parents une ou deux fois par mois. Elle adorait sa famille, et il n'aurait pas été question de se priver de ses week-ends à la campagne à cause de l'obsession de sa mère de la voir mariée.

Mais d'un autre côté, elle qui avait toujours adoré les coups de fil que Kaye lui adressait chaque semaine, elle commençait à prendre en grippe l'appel quotidien que celle-ci lui infligeait depuis quelques semaines.

« Tu te souviens de Thomas Fielding ? » venait-elle justement de demander lors de sa séance de harcèlement téléphonique quotidienne. « Un jeune homme charmant. Il sera des nôtres dimanche prochain. Au fait, que comptes-tu porter pour le baptême ? Pas un de tes pantalons de cantonnier, comme l'autre jour ? N'oublie pas qu'une jeune femme qui se respecte... »

A ce moment, Emma avait cessé d'écouter le bavardage de sa mère. Bien sûr, la présence de Tommy Fielding n'était pas un hasard mais, une fois de plus, le résultat des manœuvres maternelles. A quoi bon protester, cependant ? La discussion ne menait nulle part, Emma en avait désormais la certitude.

La jeune femme étouffa un soupir de lassitude. Si seulement elle pouvait disposer d'une année de tranquillité, le temps d'obtenir la promotion dont elle rêvait... Que faire ? Il devait bien exister une solution, tout de même !

Dès le lendemain, elle appellerait Lois pour lui confier son problème. Elle l'inviterait au Montgomery pour discuter ensemble de...

Emma se figea, frappée par une inspiration soudaine. Le Montgomery ? Mais elle la tenait, son idée !

L'homme qui cherchait une épouse à durée déterminée... voilà la solution !

Non, se ravisa-t-elle. C'était absurde.

Quoique... Et si cet homme avait parlé sérieusement ? Après tout, comme le lui avait appris Lois, il n'était autre que le fameux Noah Peverell, qui venait d'accéder à la présidence internationale de Samara, une société de communication qui possédait des filiales dans toute l'Europe. Un homme tel que lui ne prenait certainement pas ses décisions à la légère.

Toujours selon Lois, on disait de Noah Peverell qu'il

avait été nommé pour développer le groupe Samara sur le marché américain, qu'il connaissait bien pour avoir longuement séjourné aux Etats-Unis. « Un jeune loup aux dents longues », avait conclu son amie d'un air entendu.

Un loup ? Emma sourit. Il lui fallait au moins cela pour mettre en déroute l'exaspérante bonne volonté de sa mère ! Allons, c'était décidé : restait à passer à l'offensive.

Dans un geste impulsif, elle décrocha le combiné de téléphone pour composer le numéro de Lois. Une sonnerie. Deux sonneries. Emma sentit sa résolution faiblir. N'était-elle pas en train de commettre une terrible bêtise ? Il fallait raccrocher immédiatement !

Mais aussitôt, l'image de Tommy Fielding, suivi de tous ses congénères passés ou à venir, apparut devant ses yeux. Plus jamais cela !

Troisième sonnerie... Que faisait donc Lois ?

— Ce n'est pas trop tôt ! dit-elle en guise de salut lorsque son amie eut décroché.

— Emma ? s'exclama Lois. Tout va bien ?

— Oui, oui, s'empressa-t-elle de la rassurer. Ecoute, je sais qu'il est tard mais j'ai un service urgent à te demander.

— Tout ce que tu voudras.

Emma hésita un instant. Une fois sa question posée, impossible de reculer !

— Voilà, je... j'aurais besoin des coordonnées de Noah Peverell. Personnelles, bien sûr. Ne me demande pas pourquoi.

— Je voudrais bien, répondit Lois d'une voix intriguée, mais je ne les ai pas. Oh ! Je sais qui pourra me les donner.

— Ton ami Marcus ? suggéra Emma. Ils ont l'air d'être très proches.

— Gagné. Le seul hic, c'est qu'il va me demander ce que je compte en faire.

— Tant pis...

— Attends, j'ai une meilleure idée. Je vais demander à Ginny, la femme de Marcus. Je te rappelle tout de suite.

Avant même qu'Emma ait eu le temps de la remercier, son amie avait raccroché. Les dés étaient jetés ! soupira la jeune femme en posant un regard indécis sur l'appareil téléphonique.

Dans quelle histoire venait-elle de se lancer? Bien sûr, il était urgent de mettre un terme au harcèlement maternel, mais de là à se jeter dans les bras d'un quasi-inconnu... Il fallait être vraiment désespérée pour en venir à une telle extrémité !

D'un autre côté, songea-t-elle pour se rassurer, Noah Peverell ne ferait sûrement pas un époux trop encombrant. Il était manifestement doté d'un emploi du temps surchargé — au contraire de Kaye, qui semblait avoir pour unique passe-temps la chasse au gendre « bien sous tous rapports ».

En toute logique, elle-même n'y perdrait pas au change. A condition que l'intéressé lui réponde favorablement, ce qui pour l'instant restait du domaine de l'hypothèse...

Emma sursauta en entendant la sonnerie du téléphone. Le moment fatidique était venu. Lois avait-elle obtenu le numéro?

— Ma chérie, c'est encore maman...

Oh, non ! Emma leva les yeux au ciel, comme pour le prendre à témoin de sa détresse.

— J'ai oublié de te dire de prendre tes escarpins, pour le baptême. Je ne veux plus te voir avec ces chaussures orthopédiques que tu avais la semaine dernière, quand Timothy Stowe nous a fait la surprise d'une petite visite...

La surprise? A d'autres! Emma s'en souvenait parfaitement, Tim avait été convié en bonne et due forme à consulter la collection de timbres de Waldo, son père. Et en ce qui la concernait, elle ne portait pas de chaussures orthopédiques mais une paire de bottines à talons compensés dernier cri.

— Promis, assura-t-elle en s'efforçant d'imprimer à sa voix une touche de conviction.

A quoi bon se rebeller ? Avec un peu de chance — et une bonne dose d'audace — elle serait délivrée d'ici peu de l'acharnement matrimonial de sa mère !

A peine avait-elle raccroché que le téléphone sonna de nouveau.

— Emma, tu as de quoi écrire ?

Cette fois-ci, c'était bien Lois ! D'une main tremblante d'émotion, Emma cala le combiné sur son épaule pour ouvrir le bloc-notes qu'elle avait placé près de l'appareil. Après avoir noté avec soin le numéro que lui dictait son amie, elle le répéta pour s'assurer qu'elle ne s'était pas trompée. Il était déjà suffisamment désagréable comme cela de demander à Lois de jouer les agents de renseignement, inutile de devoir la relancer à cause d'un numéro mal noté !

— Lois, comment te remercier ?

— En me disant quel projet tu mijotes — dès que tu le pourras, bien sûr. Je suis impatiente dc savoir ce que tu comptes faire des coordonnées de Noah Peverell ! Mais j'ai beau essayer de faire marcher mon imagination...

Même avec l'imagination la plus débridée, songea Emma après avoir raccroché, Lois ne devinerait jamais quelle folie elle s'apprêtait à commettre.

Si elle en trouvait le courage.

Allons, elle n'allait pas faiblir devant l'obstacle ! D'une main moite de nervosité, elle composa le numéro inscrit sur son carnet. Son cœur battait à tout rompre, si assourdissant qu'elle entendit à peine la première sonnerie, pas plus que la seconde.

Mais à la dixième sonnerie, elle comprit que Noah Peverell n'était pas chez lui. Partagée entre la déception et le soulagement, elle raccrocha.

Le lendemain, elle essaya de nouveau d'appeler Noah Peverell, en vain, et les tentatives des jours suivants nc furent pas plus couronnées de succès. S'était-elle trompée de numéro ?

Désespérée, Emma examina avec soin les chiffres notés sur son carnet. Soit les renseignements de son amie Lois n'étaient plus valables, soit Noah Peverell avait disparu de la circulation.

Ou alors, il était réellement très occupé. Après tout, un directeur international devait être appelé à de fréquents déplacements à l'étranger. Qui sait, il était peut-être sur le continent en France, en Allemagne, ou même aux Etats-Unis ?

Eh bien, décida Emma, peu importait ! Elle continuerait de composer son numéro jusqu'à ce qu'il réponde.

Le dimanche suivant, c'était devenu un réflexe. Son manteau sur le bras, Emma composa le numéro qu'elle connaissait désormais sur le bout des doigts. Comme elle s'apprêtait à quitter Londres pour rejoindre la maison familiale dans le Berkshire, son sac était déjà prêt, avec les escarpins exigés par sa mère ainsi qu'un tailleur pantalon bien chaud au cas où la neige qui menaçait depuis la veille se décidait à...

— Peverell, annonça soudain une voix mâle au téléphone.

De stupeur, Emma faillit lâcher le combiné.

— Oh ! Je... Bonjour, bafouilla-t-elle, la gorge nouée par l'angoisse.

C'était lui. C'était lui ! Sapristi, voilà qu'elle avait oublié le petit discours d'introduction qu'elle avait préparé ! Tant pis, il allait falloir improviser. Pourvu qu'elle ne dise rien de stupide !

— Vous ne me connaissez pas, reprit-elle. Enfin, pas encore. Mais je vous connais, et...

C'était stupide.

— Vous avez un nom ?

Emma hésita. Devant la tournure que prenait leur échange, elle hésitait à révéler son identité.

— Ecoutez, je crois savoir que vous souhaitez un fils, louvoya-t-elle. De mon côté, j'ai besoin de me marier rapidement...

A titre temporaire, eût-elle précisé. S'il lui en avait laissé le temps.

— Que je souhaite un... Bon sang, allez-vous me dire qui vous êtes ?

— Personne que vous connaissiez. Nous...

— Alors dites-moi au moins où vous êtes allée pêcher une telle ânerie ? Vous êtes journaliste ?

— Certainement pas. Mais nous connaissons tous deux la même personne, et...

— Qui ? aboya Peverell.

— Peu importe ! L'important est que nous...

— Comment, peu importe ? Vous venez m'importuner un dimanche matin pour une histoire à dormir debout et vous n'avez pas la correction de me dire qui vous êtes ? Qui vous a donné mon numéro ?

Emma réprima un gémissement de découragement. Rien ne se déroulait comme prévu.

— Eh bien, lança-t-elle dans un soupir, vous étiez plus aimable la dernière fois que je vous ai entendu !

— Parce que vous m'espionnez ? Je commence à comprendre. Ce n'est pas un mari que vous cherchez, c'est une pension alimentaire !

Emma en demeura sans voix. Le mufle ! Il croyait donc qu'elle en avait à sa fortune ?

— Le jour où j'en serai réduite à cette extrémité, je vous rappellerai, lâcha-t-elle.

Puis elle raccrocha le combiné, furieuse contre

l'homme d'affaires... et contre elle-même. Pas une seconde elle n'avait envisagé qu'il la soupçonnerait d'en vouloir à son argent.

Comment avait-elle pu se montrer si naïve ?

Vibrant de colère, Emma rafla ses clés sur la table de l'entrée, passa son manteau, prit son sac à main... et pivota sur ses talons en entendant la sonnerie du téléphone.

Encore sa mère ? Ce n'était pas le moment ! Elle n'avait pas la moindre envie d'entendre un nouveau sermon sur la façon de se comporter avec Tommy Fielding.

D'un autre côté, pour l'appeler juste avant son départ, sa mère avait probablement quelque chose d'important à lui demander...

D'un pas rapide, Emma retourna dans le salon.

— Oui ? demanda-t-elle en décrochant l'appareil.

— Vous ne m'avez toujours pas expliqué ce que vous avez à me proposer.

Oh, non ! Noah Peverell devait posséder un de ces téléphones ultrasophistiqués qui affichent le numéro du dernier correspondant... Encore un détail qu'elle avait négligé !

— Je n'ai rien à vous proposer, répondit-elle, glaciale.

— Pour une femme qui a déjà essayé de me joindre dix-neuf fois en une semaine, c'est étonnant, susurra Noah Peverell.

Et en plus, son appareil diabolique enregistrait tous les appels, y compris ceux auxquels personne n'avait répondu ! comprit Emma, consternée.

— J'ai changé d'avis, riposta-t-elle. Plutôt épouser un requin mangeur d'hommes qu'un goujat de votre espèce !

Et pour la seconde fois, elle raccrocha au nez de l'arrogant personnage.

⁂

Cet après-midi-là, épuisée, Emma s'assit à la table de la cuisine de la maison familiale à côté de sa cousine Joanna. Le baptême s'était déroulé à la perfection. Temps superbe en dépit du froid, bébé angélique dans sa longue robe de dentelles blanches, parents souriants et détendus... une véritable publicité pour les joies de la vie de famille !

Sans la présence plus qu'insistante de Tommy Fielding, la journée aurait été idyllique.

— Désolée pour Tommy, murmura Joanna. Je ne pouvais pas refuser de l'inviter sans vexer ta mère.

— Je t'en prie. Il est... très gentil.

Joanna hocha la tête, un sourire complice aux lèvres.

— Gentil ? Evite de le lui laisser entendre ou tu n'es pas près de t'en débarrasser. J'ai vu ta mère en pourparlers avec le cousin Rory ; je ne serais pas étonnée de retrouver ce cher Tommy au mariage de Rory dans quelques semaines. Oh ! Excuse-moi, je dois aller changer Betsy.

Seigneur ! Jamais elle ne s'était sentie dans une telle impasse. Dire que la veille encore, elle croyait si fermement aux perspectives du « projet Noah » !

— Une autre part de gâteau, mademoiselle Emma ?

Emma se mordit la lèvre pour retenir le soupir de lassitude qui menaçait de lui échapper. Thomas Fielding, qui ne l'avait pas quittée de l'après-midi, venait de la rejoindre dans la cuisine.

— Non merci, Tommy, vous m'en avez déjà apporté deux fois, je crois que je n'ai plus faim.

Un silence un peu gênant s'installa entre elle et lui, mais Emma avait épuisé son stock de banalités, et elle n'éprouvait pas la moindre envie d'encourager une conversation plus personnelle. Qui sait comment ce jeune homme un peu trop empressé l'aurait interprété ?

— Je crois que je vais aller faire un tour, dit-elle d'une voix volontairement peu engageante.

— Je vous accompagne !

— Merci, mais je préfère rester seule. A plus tard.

Et sans attendre la réponse de son sigisbée, Emma s'éloigna d'un bon pas vers le jardin. Un peu cruel comme méthode, mais si c'était la seule façon de faire comprendre à Tommy qu'elle ne recherchait pas sa compagnie...

Le soir tombait déjà lorsque, son sac de voyage à la main, Emma se dirigea vers sa voiture garée devant le cottage familial. Entendant l'écho de pas derrière elle, elle jeta un regard par-dessus son épaule... et se figea, consternée.

Thomas Fielding lui avait emboîté le pas, une expression soucieuse sur le visage.

— Emma... Voulez-vous dîner avec moi ce soir ? demanda-t-il d'une traite.

A croire que la question lui était restée coincée dans la gorge tout l'après-midi !

— Ecoutez, c'est très gentil à vous mais je... mais je... je dois dîner avec un ami, mentit-elle sur une inspiration subite.

Devant le regard incrédule de Tommy, elle se crut obligée d'ajouter :

— Mon fiancé. Je dois le retrouver ce soir à Londres, je ne voudrais pas être en retard.

A cet instant, une image s'imprima dans son esprit, stupéfiante de réalisme. Noah Peverell, en costume sombre et chemise blanche au col négligemment ouvert, l'attendant à la meilleure table du Montgomery.

Une image totalement absurde, bien entendu.

— Mais... Madame votre mère...

— Chut ! murmura Emma en jetant autour d'eux un regard de conspiratrice. Ma mère n'est au courant de rien. C'est encore secret. Je peux compter sur votre discrétion, n'est-ce pas ?

Et, sur un clin d'œil qu'elle espérait sans ambiguïté, Emma ouvrit la portière de son Austin Mini, s'y engouffra, puis démarra dans un crissement de pneus.

Le lendemain, Emma fut éveillée en sursaut par la sonnerie du téléphone posé sur sa table de chevet. Clignant des yeux, elle consulta l'affichage lumineux de son radio réveil : 6 heures. Qui pouvait bien appeler aussi tôt, même un lundi matin ?

— Maman ? répéta-t-elle lorsque sa correspondante se fut présentée. Que se passe-t-il ? Papa est malade ?

— Ton père se porte comme un charme, roucoula Kaye. Mais j'avoue que je ne peux pas en dire autant de moi-même...

Inquiète, Emma s'assit dans son lit.

— ... depuis que j'ai appris que tu vivais avec un homme, termina sa mère d'une voix accusatrice.

— Que je... Pardon ?

— Inutile de nier, Tommy m'a tout avoué. Qui est cet homme ? Où l'as-tu rencontré ?

Emma sentit une vague de fureur monter en elle, assortie d'une féroce pulsion de meurtre envers la personne de Thomas Fielding. Celui-ci ne perdait rien pour attendre, maugréa-t-elle en son for intérieur.

— J'attends tes explications, s'impatienta sa mère. Pourquoi ne m'as-tu rien dit ?

— Mais... parce qu'il n'y avait rien à dire, bafouilla Emma.

— Comment, rien à dire ? Tu as un amant et il n'y a rien à dire ? Il envisage de régulariser votre situation, j'espère ?

— Maman ! Je n'ai rien affirmé de tel. J'ai juste fait la connaissance de quelqu'un, et... il se peut que dans un proche avenir... Mais rien n'est certain, ne va surtout pas t'imaginer...

Puis elle se tut, confuse. Comment pouvait-elle mentir à sa propre mère ? Par chance, la colère de celle-ci retomba rapidement, et la conversation se poursuivit de façon plus paisible qu'elle n'avait commencé. Mais à quel prix ! Terriblement coupable mais incapable d'avouer la vérité, Emma quitta sa mère sur la promesse ferme de présenter à ses parents l'élu de son cœur dans les plus brefs délais.

Une fois le téléphone raccroché, elle plongea son visage dans ses mains, effarée. Loin de l'aider, son mensonge n'avait qu'aggravé sa situation. Comment se sortir de cette impasse à présent ?

Ce soir là, Emma rentra chez elle épuisée. La journée avait été éprouvante... mais c'était très bien ainsi. Les multiples urgences auxquelles elle avait dû faire face dans son travail étaient infiniment moins difficiles à gérer que la culpabilité qu'elle éprouvait envers sa mère. Sans parler du cuisant échec du « projet Noah ».

Pour être honnête, Emma ne regrettait pas d'avoir raccroché au nez de l'exaspérant Peverell. Cet homme était l'individu le plus détestable qui soit !

Après avoir ôté son manteau, elle se rendit dans la salle de séjour pour consulter son répondeur téléphonique. Comme elle s'y attendait, sa mère avait appelé quelques minutes auparavant, sans doute en vue d'un interrogatoire en règle à propos de son « fiancé ». Il était plus que temps de lui avouer la vérité !

A cet instant, elle entendit le carillon de l'Interphone. Intriguée, elle se rendit dans l'entrée. Qui pouvait bien passer sans prévenir ? Lois ?

— Noah Peverell, annonça une voix grave.

De stupeur, Emma faillit laisser tomber le combiné de l'Interphone. Noah Peverell ? Mais elle n'avait aucune envie de lui parler ! D'ailleurs, comment l'avait-il retrouvée ? Que lui voulait-il ?

D'un geste nerveux, elle enfonça la touche qui commandait l'ouverture de la porte du rez-de-chaussée.

— Troisième étage gauche, indiqua-t-elle en maudissant sa voix chevrotante d'émotion.

Puis, se postant devant le miroir de l'entrée, elle recoiffa rapidement ses mèches blondes avant de lisser son chemisier. Même si elle détestait Noah Peverell, autant l'accueillir avec un minimum d'élégance, non ?

2.

Comment une telle situation avait-elle pu se produire ? Effarée par les proportions que prenait sa malheureuse initiative, Emma s'approcha de la porte. Dans quelques secondes, Noah Peverell allait franchir le seuil de son appartement... et elle allait devoir lui faire comprendre qu'elle regrettait de l'avoir appelé. C'était le moment de faire appel à toute sa diplomatie !

« Désolée de vous avoir importuné, mais j'ai changé d'avis. » Pour sûr, il allait adorer.

« Une autre fois, peut-être ? » Non, trop léger.

« Vous allez rire... » Justement, c'était peu probable.

La voix cassante de l'homme d'affaires résonna de nouveau à ses oreilles. Quelqu'un d'aussi désagréable au téléphone ne devait pas posséder une once d'humour, songea Emma. Aussi, faire un bébé avec un inconnu... On n'avait pas idée !

La jeune femme sursauta en entendant la sonnette de la porte. Maudite émotivité ! Voilà qu'elle avait les mains moites, le souffle court, la sensation d'avoir le cerveau empli de coton... et toujours pas l'ombre d'une idée pour présenter poliment son refus.

Elle ouvrit la porte d'entrée d'un geste d'automate.

— Emily Ann Aston ? demanda Noah Peverell.

— Mes amis m'appellent Emma.

Ses amis ? Mauvaise réponse, songea-t-elle aussitôt. Cet homme aux yeux couleur d'acier trempé n'était pas son ami.

— Mais entrez donc, ajouta-t-elle en s'écartant pour le laisser passer.

D'un geste qu'elle espérait naturel, elle lui indiqua la salle de séjour. Noah Peverell arborait-il toujours cette expression hautaine ? Si elle avait bonne mémoire, le jour où elle avait épié son reflet dans le miroir, il ne souriait pas franchement, mais tout de même, il ne faisait pas non plus une telle grimace...

— Je peux vous offrir quelque chose à boire ?

— Non merci, répondit-il d'un ton sec.

Un requin n'aurait pas été plus aimable, songea la jeune femme, mal à l'aise.

— Bien, je... je vous en prie, asseyez-vous, l'invita-t-elle en désignant le canapé.

Peut-être cesserait-il ainsi de la toiser de toute sa hauteur ? A son tour, elle s'installa dans un fauteuil, surprise de constater que Noah Peverell attendait qu'elle se fût assise pour l'imiter — preuve qu'un requin pouvait avoir de l'éducation, songea-t-elle, désarçonnée par cette marque inattendue de courtoisie.

— Comment m'avez-vous retrouvée ?

— Facilement.

— Je gagne très bien ma vie, l'informa-t-elle en interceptant le regard évaluateur qu'il posait sur la pièce.

Mais son intuition lui soufflait que cette précision était inutile. Sans doute Noah avait-il déjà effectué une estimation du loyer de son appartement et de ses revenus annuels. De la part d'un homme comme lui, elle s'attendait à tout.

— On déclare forfait avant le combat ? demanda-t-il en haussant un sourcil sarcastique, avant de reprendre d'un ton glacial : Inutile de parler chiffres, j'ai une idée assez précise de votre niveau de vie.

— Ainsi vous avez enquêté sur moi ? Comment osez-vous...

— Mademoiselle Aston, vous m'avez contacté pour me proposer de porter mon enfant. Quoi d'étonnant à ce que je me renseigne sur votre compte ?

Ce qui signifiait qu'il... Emma le dévisagea, atterrée. Il envisageait son offre avec sérieux ?

— Vous êtes toujours aussi soupe au lait ? poursuivit-il avec un flegme exaspérant.

— Avouez qu'il y a de quoi ! Vous refusez de m'écouter au téléphone, vous me soupçonnez des pires intentions, puis vous arrivez chez moi à l'improviste... Vous auriez pu me prévenir de votre visite !

— Dois-je en déduire que vous ne m'auriez pas raccroché au nez une troisième fois si j'avais insisté, hier matin ?

— Vous ne l'auriez pas fait. Vous vouliez me prendre au dépourvu.

Sans se donner la peine de nier, Noah Peverell fixa Emma avec acuité.

— Pourquoi est-ce si important de vous marier ?

— Pourquoi est-ce si important d'avoir un fils ? rétorqua-t-elle, sur ses gardes.

Agacée, elle vit un sourire ironique se dessiner sur son visage.

— Vous avez raté ce passage l'autre jour au restaurant ?

— Si vous ne voulez pas qu'on vous entende, faites vos confidences ailleurs que dans un lieu public ! Comment m'avez-vous reconnue quand je vous ai appelé ?

— Marcus est la seule personne à qui j'aie parlé de mon projet.

— Mais je n'étais pas seule à cette table.

— La femme qui m'a appelé n'avait pas la voix de Lois Crosby. Ce ne pouvait donc être que son amie aux yeux dorés.

Emma sentit ses joues s'empourprer.

— Vous vous êtes souvenu de la couleur de mes yeux ? Mais c'était il y a une éternité !

— Dix jours. Et vous non plus, vous ne paraissez pas m'avoir oublié.

— Cela ne me dit pas comment vous avez su mon nom.

— Je vais rarement au Montgomery, mais je connais bien le sommelier...

— ... et il vous a suffi d'un petit coup de téléphone pour lui demander le nom de la personne qui avait réservé la table à côté de la vôtre, compléta Emma d'un ton pensif. Bien joué !

— Vous n'avez pas répondu à ma question. Votre situation financière me semble loin d'être catastrophique. Pourquoi cette impatience à vous marier ?

— Je n'ai aucune envie de me marier. Mais il se trouve que...

A cet instant, la sonnerie du téléphone se fit entendre.

— Excusez-moi, dit Emma en se redressant d'un bond pour décrocher.

— Tout de même ! s'exclama sa mère. Je commençais à me demander si tu comptais passer la nuit au bureau ! Tu vas pouvoir me donner quelques explications. Pourquoi m'avoir caché que tu avais un fiancé ? Ce jeune homme est si vilain que tu as peur de le montrer ?

— Il est très bel homme, et ce n'est pas encore mon fiancé, répliqua Emma avec vivacité, avant de se mordre les lèvres.

Quelle sotte ! Confortablement installé dans le canapé en face d'elle, Noah Peverell l'observait sans cacher son amusement.

— Dans ce cas, pourquoi ne pas l'avoir invité au baptême ? C'était l'occasion rêvée de nous le présenter !

— Il est... très occupé, improvisa Emma, rouge de confusion. Il travaille énormément.

— Emily Ann ! tonna Kaye Aston. Que me caches-tu ? Il n'est pas marié, j'espère ? Ne me dis pas que ma propre fille vit en concubinage notoire avec un...

— Maman !

— Bien, bien... Peut-on au moins savoir quel est son nom ?

— Ecoute maman, je peux te rappeler plus tard ? Il est... justement ici et je...

— Il est avec toi ? Pourquoi ne le disais-tu pas ?

Parce qu'elle savait sa mère capable d'exiger de parler à Noah au téléphone ! faillit-elle répliquer.

— Il fallait le dire plus tôt, ma fille ! Appelle-moi dès qu'il sera parti. Et je veux vous voir tous les deux à la maison samedi soir, compris ?

— Oui, maman, dit Emma dans un soupir.

Ayant raccroché, elle demeura immobile de longues secondes, incapable d'affronter le regard moqueur de son visiteur.

— Pour quelle raison étiez-vous censée parler de moi à « maman » ? Et n'essayez pas de prétendre que vous ne parliez pas de ma personne !

Emma laissa échapper un soupir d'impatience.

— Vous, un autre, quelle importance ? N'importe qui fera l'affaire, pourvu qu'elle me laisse en paix.

Trouvant le courage d'affronter le regard de Noah, elle se tourna enfin vers lui. Une lueur de compréhension brillait dans ses yeux gris, adoucissant son expression sévère. Il paraissait moins antipathique, tout d'un coup.

— Ce mariage, c'est une idée de votre mère, n'est-ce pas ?

Emma approuva d'un signe de tête.

— Mon travail me passionne, j'ai de bonnes chances d'obtenir bientôt une promotion... Je suis très heureuse de la vie que je mène.

— Mais madame mère ne s'en satisfait pas ? lança Noah dans un sourire, posant sur elle un regard soudain complice.

De nouveau, elle hocha la tête.

— J'ai beau essayer de lui expliquer, elle refuse de m'écouter. Hors du mariage, point de salut !

— Etes-vous sûre d'avoir mis suffisamment de conviction dans vos arguments ?

— On voit que vous ne la connaissez pas.

Noah sourit de nouveau et garda le silence quelques instants, visiblement songeur.

— Donc si je comprends bien, vous vous êtes inventé un fiancé pour qu'elle vous laisse tranquille ?

— En fait, avoua Emma, ce n'est pas à elle que j'ai menti, mais au cinquième ou sixième « bon parti » qu'elle m'a présenté. Je ne savais pas comment refuser poliment de sortir avec lui ; c'est un ami de la famille, mais il s'est montré si insistant !

Elle marqua une pause, avant de poursuivre :

— C'était hier, au baptême de ma nièce. J'ai quitté mes parents en fin d'après-midi. Je n'étais pas encore arrivée à Londres qu'il avait déjà informé ma mère de l'existence de mon prétendu fiancé.

— Maman a dû être ravie ? demanda Noah d'un ton sarcastique.

Emma sourit, désabusée.

— Tellement ravie qu'elle m'a appelée à 6 heures ce matin pour me demander des explications.

— J'imagine que ce doit être assez usant, à la longue.

— En effet.

Noah marqua un silence.

— Pourquoi n'épousez-vous pas l'un de ces hommes ? Vous auriez enfin la paix !

— Me marier ? Pour de bon ? J'aime beaucoup ma mère, mais à ce point... Et puis, ils exigeraient tous de moi une implication affective dont je n'ai aucune envie.

— De quoi avez-vous envie ?

— D'être tranquille. De pouvoir mener ma carrière comme je l'entends. De ne devoir de comptes à personne. D'être libre.

Dans le regard couleur d'acier de Noah Peverell, Emma crut discerner une lueur de compréhension. Mieux, de complicité.

— Vous aimez les enfants ?

— Je ne me suis jamais posé la question, répondit-elle avec franchise. Mais quelles que soient mes réticences à propos du mariage, je dois reconnaître qu'il me manquerait sûrement quelque chose d'essentiel si je ne faisais jamais l'expérience de la maternité.

A cet instant, Emma sentit une étrange nostalgie l'étreindre. Comme si la possibilité d'avoir un bébé devenait soudain une réalité.

Tout compte fait, Noah Peverell n'était pas si désagréable, quand il le voulait. L'espace d'un instant, Emma se prit à rêver qu'elle et lui... Non, elle se fourvoyait. Le célèbre Noah Peverell n'avait que faire des propositions de mariage d'une obscure assistante marketing de chez Colman et Fisher. Il allait se lever et, sur une quelconque formule de politesse, partir comme il était venu.

Comme pour confirmer l'intuition d'Emma, il consulta sa montre, se leva d'un bond et se tourna vers elle. Sans doute estimait-il qu'il avait suffisamment perdu de temps.

— Je serai absent toute la semaine, dit-il, aussi je préfère régler ce détail dès maintenant. A quelle heure dois-je passer vous prendre samedi ?

— Vous voulez... venir dîner... chez mes parents ? bredouilla Emma, frappée de stupeur.

— Entendons-nous bien, je ne suis pas prêt à annoncer publiquement nos fiançailles ; il nous reste encore un certain nombre de points à éclaircir. Mais je peux vous rendre ce service.

— Je ne vous ai rien demandé ! riposta-t-elle, piquée au vif.

— Ce n'est pas l'impression que j'ai eue quand vous m'avez appelé. Mais je vous préviens, c'est donnant donnant. N'oubliez pas cet aspect des choses si nous devons nous associer.

— Dans ce cas, passez à 6 h 30, répondit Emma, volontairement glaciale.

Elle avait sa dignité ! Mais si elle avait espéré impressionner Noah Peverell par sa froideur, c'était un échec. Sous son regard étonné, ce dernier s'inclina rapidement et, sans un au revoir, quitta la pièce à grands pas.

Preuve que même éduqué, un requin restait un requin.

Partagée entre l'irritation et l'incrédulité, Emma regarda Noah Peverell s'en aller. Lentement, les idées se mirent en place dans son esprit confus... et la conclusion qui en sortit était à la fois terrifiante et exaltante.

Si les mises au point évoquées par Noah Peverell aboutissaient à un accord, elle pourrait bien d'ici quelque temps devenir la légitime épouse de ce dernier, et la future mère de son héritier...

La jeune femme sentit un vertige s'emparer d'elle. Etait-ce vraiment ce qu'elle avait voulu ?

Le lendemain matin, assise à son bureau, Emma s'installa pour étudier un dossier. Mais bientôt, elle prit conscience qu'elle tournait sans les voir les pages du rapport qu'elle était censée lire. Un sujet bien plus préoccupant s'imposait à son esprit.

Jusqu'à présent, elle n'avait pas véritablement mesuré les implications concrètes de son offre à Noah Peverell. Il lui avait fallu la visite de ce dernier, et sa décision de l'accompagner samedi chez ses parents, pour comprendre qu'il avait pris sa proposition très au sérieux.

Il était urgent de mettre un terme à cette folie !

Résolue, elle posa la main sur son téléphone, composa les premiers chiffres du bureau de Noah, qu'elle s'était procuré le matin même... avant de se figer, indécise. Noah était absent, comme il l'avait précisé la veille au soir. Ce qui signifiait qu'elle allait devoir laisser à une secrétaire inconnue un message dont elle imaginait assez mal la teneur...

Elle se mordit la lèvre, consciente de l'absurdité de la situation. Comment formuler son refus sans se compromettre ?

« Mademoiselle Aston craint de manquer de motivation pour le projet en cours » ? Parfaitement ridicule. « Emma A. vous fait savoir qu'elle ne souhaite plus vous donner un héritier » ? Totalement incongru. « E.A. annule R.V. » ? Lâchement passe-partout.

Dans un geste de dépit, elle posa le combiné sur son socle. Tant qu'il ne lui serait pas possible de s'adresser directement à Noah, mieux valait observer la plus grande discrétion.

En rentrant chez elle ce soir-là, Emma aperçut dans la pénombre de la salle de séjour le voyant lumineux de son répondeur qui clignotait, signal qu'un message l'attendait.

Tout en se débarrassant de son manteau et de ses chaussures, elle enfonça la touche « lecture ». Aussitôt, la voix de son père envahit le salon. Son Noah était-il le Noah Peverell ? demandait Waldo Aston avec émotion.

La jeune femme émit un gémissement de contrariété. Encore un détail qu'elle avait négligé ! En lecteur assidu de la presse économique internationale, Waldo n'ignorait rien de l'actualité du groupe Samara que présidait Noah.

Conséquence logique, il était encore plus impatient que Kaye de rencontrer son futur gendre.

Comment se dépêtrer de l'invitation de samedi soir, à présent ? songea-t-elle, désespérée. Elle ne voyait plus qu'une solution. Prétendre que le dîner avait été annulé.

Puis une meilleure idée lui vint. Le prétentieux Noah Peverell voulait se rendre compte sur place si la mère de son futur héritier était de bonne souche ? Qu'il vienne ! Désagréable comme il l'était, il y avait fort à parier que

Kaye la supplierait de rompre avec lui — si elle ne se chargeait pas elle-même d'éconduire l'arrogant personnage !

Après cet épisode, songea Emma, ravie, elle aurait beau jeu de prétendre un inconsolable chagrin d'amour.

Pensive, la jeune femme compta sur ses doigts. Combien de temps fallait-il pour cicatriser un cœur meurtri ? Six mois, un an ? Exactement le délai dont elle avait besoin pour obtenir sa promotion et faire ses preuves.

Comme aux échecs, elle sacrifiait son pion afin de gagner du temps sur l'adversaire et de se ménager une retraite inattaquable. Ce serait un coup de maître !

Ragaillardie par ses talents de stratège, Emma se rendit dans la cuisine pour se préparer une tasse de thé.

— A ma promotion ! murmura-t-elle quelques minutes plus tard en levant sa tasse.

Emma venait de terminer son thé lorsqu'elle entendit la sonnerie du téléphone. C'était sa tante Helen, l'une des sœurs de sa mère.

— Alors te voilà fiancée ? s'exclama celle-ci, enthousiaste. Il faut absolument venir avec ce jeune homme au mariage de Rory ! Si tu veux bien me donner son adresse, je pourrai lui envoyer un carton d'invitation.

L'adresse de Noah ? Mais elle n'en avait pas la moindre idée !

— C'est très gentil à toi mais ne te donne pas ce mal. Nous... Je lui transmettrai ton invitation de vive voix.

— Comme tu voudras. Surtout dis-lui qu'il est le bienvenu, et que nous serons absolument ravis de l'avoir avec nous.

— Promis, tante Helen !

— Je suis tellement heureuse pour toi, ma petite fille. Tu n'oublieras pas de l'inviter, n'est-ce pas ?

— Mais non, assura Emma avant de raccrocher, en proie à une soudaine contrariété.

Pourquoi tous les membres de sa famille manifestaientils une telle fierté qu'elle ait rencontré un homme? Ce n'était tout de même pas un exploit! A les entendre, on aurait pourtant cru que Noah Peverell représentait sa dernière chance de convoler en justes noces...

Son enthousiasme quelque peu retombé, Emma se rendit dans sa chambre pour s'étendre sur son lit. Elle se sentait lasse, et vaguement déprimée.

Et si sa famille avait raison? Si Noah Peverell était vraiment sa dernière chance?

Le samedi suivant, Emma rentra chez elle, fourbue, au terme d'un long après-midi de shopping en compagnie de Lois. Jetant sur son canapé les sacs de chaussures et de vêtements qu'elle rapportait, elle se rendit à la salle de bains.

Sur les conseils de son amie, elle avait choisi plusieurs tenues destinées à renouveler sa garde-robe. Bien sûr, elle se moquait éperdument de l'avis de Noah Peverell. Si elle se devait d'opter une apparence plus sérieuse, ce n'était que dans l'optique de sa prochaine promotion. Finis les pantalons ultralarges et les bottes à semelles compensées! Désormais, elle adoptait le style « jeune femme rangée et couleurs pastel ».

Si Peverell appréciait, grand bien lui fasse... mais dans le cas contraire, tant pis pour lui. Kaye Aston, elle, ne se plaindrait pas.

Rapidement, Emma consulta sa montre. Il lui restait juste le temps de filer sous la douche et de s'habiller avant l'arrivée de son « fiancé ».

Trop tard, songea-t-elle en tressaillant au bruit de l'Interphone. Noah Peverell était plus ponctuel qu'un coucou suisse! Attrapant son sac à main, elle enfila rapidement son trench-coat, traversa l'entrée... et pila net devant le miroir. Dans le reflet, elle pouvait voir une jeune femme blonde à la mise sage, aux antipodes de l'Emma un peu fantaisiste qu'elle avait toujours connue.

Elle rajusta la mèche de son chignon — une réalisation personnelle sur une idée originale de Lois — et tourna légèrement sur elle-même pour étudier sa silhouette. Ce tailleur robe couleur perle était parfait — du moins si elle en croyait le cri d'admiration qu'avait poussé Lois dans la boutique — mais il lui donnait un air sérieux auquel elle n'était pas habituée.

C'est sûr, sa mère allait adorer. Ne restait qu'à espérer qu'elle sache adorer avec mesure et discrétion. Quelle contrariété si Noah s'apercevait des efforts qu'elle avait déployés ! Qui sait, il pouvait même s'imaginer qu'elle essayait de lui plaire ?

Avait-elle encore le temps de changer de tenue ? Après tout, elle voulait être aimée pour elle-même, non pour l'image qu'elle donnait. Emma posa son sac, ôta son trench-coat, fonça vers sa chambre, et se figea sur place.

Eh, minute ! Etre aimée pour elle-même ? Mais elle n'avait pas envie d'être aimée ! Et encore moins par l'insupportable Peverell !

D'un bond, elle fut de nouveau dans l'entrée. Ramassant sac et manteau, elle sortit sur le palier et claqua la porte derrière elle avant d'être tentée de changer d'avis une nouvelle fois.

— Il ne fallait pas vous presser, commenta Peverell, sarcastique.

— Désolée, murmura-t-elle, confuse.

Pas un compliment, pas une remarque sur sa tenue ! pesta-t-elle en son for intérieur, tout en adressant un sourire onctueux à son « fiancé ».

— Ma voiture est garée par-là, lui indiqua ce dernier en la prenant par le coude.

Au moins, se consola Emma, il n'était pas de ces hommes qui cavalent trois mètres devant vous sur le trottoir, vous obligeant à les suivre au pas de course.

Puis elle stoppa net en apercevant la rutilante Jaguar que lui désignait Noah.

Allons, se morigéna-t-elle, qu'avait-elle imaginé? Qu'un directeur international de sa trempe se déplaçait en vélomoteur?

— Où allons-nous? demanda-t-il une fois qu'ils furent montés à bord du bolide de collection.

— Dans le Yorkshire.

Ce furent les dernières paroles qu'ils échangèrent avant longtemps. Ils approchaient du village où résidaient ses parents lorsque Emma se décida à parler.

— Peut-être devrions-nous répéter notre texte? suggéra-t-elle, surprise de sa propre timidité.

— Notre texte?

— Je ne sais rien de vous, vous ne savez rien de moi... Mes parents ne seront pas dupes!

— Compris. J'ai trente-sept ans. Votre amie Lois vous aura appris où je travaille. J'habite une maison à Londres et je projette d'acheter une propriété à la campagne.

Tout à fait le genre de détails dont sa mère allait raffoler, nota Emma avec satisfaction.

— Vous n'avez jamais été marié?

— Pas eu le temps. Ni l'envie.

— Oh, j'allais oublier. Il faut que je vous parle du mariage de mon cousin Rory. Bien sûr, je sais que notre relation n'ira peut-être pas plus loin que le dîner de ce soir, mais ma tante insiste pour que mon fiancé soit des nôtres. N'ayez pas l'air surpris si ma mère aborde le sujet.

Peverell haussa un sourcil interrogateur.

— Votre tante fait partie de la cabale pour vous marier?

— Mes tantes, rectifia Emma. Tournez à gauche, nous sommes arrivés.

— Vos tantes? Je commence à comprendre votre problème, murmura Noah d'un air songeur.

Vêtue de sa plus belle robe, Kaye Aston montait la garde devant l'entrée du cottage familial. Même Tommy

Fielding et Timothy Stowe n'avaient pas eu droit à de tels égards, s'inquiéta Emma en descendant de la Jaguar.

Le tapis rouge n'avait pas été déroulé, mais il s'en fallait de peu, se dit-elle en pénétrant dans la salle de séjour où sa mère avait préparé l'apéritif. Petits fours de chez le meilleur traiteur de la région, verres de cristal, alcools fins de la réserve paternelle... Sa mère avait déployé le grand jeu.

Noah allait-il rire de son empressement ? A la dérobée, Emma jeta un regard à son compagnon. Bien carré dans son fauteuil, celui-ci sirotait tranquillement son whisky douze ans d'âge sans montrer le moindre trouble sous le feu roulant des questions de Kaye Aston.

— Quand je pense qu'Emma avait peur de nous parler de vous ! s'exclamait celle-ci en tendant le plateau de petits fours à Noah. Je ne sais même pas où vous vous êtes rencontrés ?

Sapristi, ils n'avaient pas prévu cette question ! Par chance, Noah fit preuve d'un sang-froid remarquable.

— Chez Samara, le jour où elle est venue présenter un plan marketing à notre directeur commercial, mentit-il avec aplomb. Le coup de foudre a été réciproque. N'est-ce pas, ma chérie ?

Incapable d'articuler une parole, Emma acquiesça d'un signe de tête et regarda sa mère, perplexe.

Comment celle-ci pouvait-elle se montrer si crédule ? Le grand patron de Samara lui expliquait entre deux mini-quiches aux anchois qu'il était tombé fou de sa fille dès le premier regard, et elle le croyait ? Il fallait bien tout l'orgueil d'une mère pour avaler un tel mensonge !

— Oh, je ne suis pas étonnée, notre Emma est si jolie. Elle trouve toujours des idées si originales, s'écria Kaye d'une voix vibrante d'enthousiasme. Et elle est tellement consciencieuse ! Savez-vous qu'elle n'a jamais pris une seule journée d'arrêt pour maladie ?

A croire qu'elles partageaient le même bureau, se dit Emma, impressionnée par la ferveur de sa mère.

— D'ailleurs, poursuivit celle-ci, péremptoire, son patron est très content d'elle. Vous a-t-elle dit qu'elle était une élève très brillante ? Déjà, à six ans...

— Maman !

Kaye lui jeta un regard interloqué, avant de reprendre :

— Enfin, elle ne nous a donné que des satisfactions. C'est une jeune femme accomplie...

Et prête pour le mariage ? compléta intérieurement Emma, gênée par cette avalanche de compliments.

— ... mais tellement rêveuse ! poursuivit sa mère. Elle est d'une telle naïveté qu'il m'arrive de me demander si elle sait comment on fait les enf...

— Hum, toussota Emma, qu'y a-t-il pour le dîner, maman ?

— Consommé de volaille, côtes d'agneau aux petits pois et carottes, plateau de fromages et tarte aux citrons meringuée, égrena Kaye d'une voix distraite. Comme je disais, monsieur Peverell, notre Emma...

— Vous ne collectionnez pas les timbres-poste, par hasard ? intervint Waldo.

Mentalement, Emma adressa une prière de remerciement à son père. Lui au moins avait perçu ses signaux de détresse !

— J'ai bien peur que non, répondit Peverell, mais il paraît que c'est un passe-temps passionnant.

— Ma chérie, roucoula Kaye Aston lorsqu'elles furent seules, je n'aurais pas mieux choisi ton futur époux si je l'avais cherché moi-même !

Le dîner enfin terminé, Noah et Waldo s'étaient installés dans la bibliothèque pour une consultation en bonne et due forme de la collection paternelle de timbres-poste. Par-delà les portes vitrées qui les séparaient, Emma pouvait voir son « fiancé » en grande discussion avec son père.

Si elle avait moins bien connu Noah, songea la jeune femme, elle aurait pu s'imaginer qu'il venait de se prendre d'une soudaine passion pour la philatélie. Ce qui était absurde. Noah Peverell ne faisait sans doute que se montrer aimable envers son hôte.

Nouvelle absurdité, rectifia Emma en son for intérieur. Peverell n'était pas quelqu'un d'aimable. D'où elle concluait qu'il jouait admirablement bien la comédie : il l'avait du reste démontré durant le dîner en la sauvant de plusieurs mauvais pas grâce à un incontestable sens de l'improvisation.

— Nous ne faisons que sortir ensemble, se hâta-t-elle de préciser.

— Mais tu as dit à Tommy Fielding que votre relation était très sérieuse.

— Bien sûr, maman, mais...

— Ne me dis pas que tu as l'intention de vivre avec lui en concubinage !

— C'est bien la dernière idée qui me viendrait à l'esprit, la rassura Emma, satisfaite pour une fois de ne pas lui mentir.

— Je préfère cela, ma chérie. Mais tu me promets de me prévenir dès que tu auras une nouvelle à m'annoncer, n'est-ce pas ?

Il y avait dans sa voix une telle inquiétude qu'Emma sentit son cœur se serrer. L'espace d'un instant, elle oublia l'insupportable pression à laquelle sa mère la soumettait depuis plusieurs semaines. Après tout, si toute cette histoire de mariage était tellement importante pour Kaye, et si Noah le lui demandait, elle pouvait bien remonter la nef au bras de ce dernier pour prononcer le « oui » fatidique !

— Promis, maman, assura-t-elle, plus émue qu'elle ne l'aurait voulu par cette image.

⁂

Assise dans la Jaguar aux côtés de Noah Peverell, Emma regardait se dérouler le paysage d'un air morne. La représentation était terminée, avait-elle compris en voyant le visage de son compagnon se fermer, une fois le cottage familial hors de vue.

Peverell s'était montré charmant et spirituel envers ses parents et merveilleusement attentionné vis-à-vis d'elle... bref, le gendre idéal dont toute mère aurait rêvé pour sa fille. Mais il avait rempli son contrat avec un tel professionnalisme qu'elle avait failli se laisser prendre à son jeu, songea Emma avec une pointe d'amertume.

Que l'église et sa nef lui semblaient loin, soudain !

Une heure plus tard, Peverell gara sa Jaguar au pied de l'immeuble d'Emma.

— Il est un peu tard pour en discuter plus longuement, dit-il, mais je suppose qu'il reste certains points que vous souhaitez éclaircir avec moi. Je vous appellerai demain et nous conviendrons d'un rendez-vous pour régler les derniers détails.

Au prix d'un effort considérable, Emma parvint à contenir un sursaut de stupéfaction. Peverell n'avait pas renoncé à leur projet ? En dépit de l'expression glaciale qu'il avait arborée depuis qu'ils avaient quitté la maison de ses parents ? C'était à n'y rien comprendre !

Indécise, elle posa la main sur la portière.

— Comme vous voudrez, marmonna-t-elle au terme d'une longue hésitation, avant de descendre de voiture.

Noah l'accompagna jusqu'à la porte de l'immeuble où il attendit pendant que, d'une main fébrile, elle cherchait sa clé dans son sac à main.

— Bonsoir, dit-il une fois qu'elle eut ouvert la porte.

Et, sous le regard étonné de la jeune femme, il lui tourna le dos et regagna sa voiture à grandes enjambées. Emma n'avait pas encore refermé la porte derrière elle qu'il avait déjà démarré en trombe.

Cet homme était un mystère, songea-t-elle en se dirigeant vers l'ascenseur. Elle venait de passer une longue soirée en sa compagnie, mais elle n'en savait pas plus sur lui pour autant.

Elle ne pouvait tout de même pas épouser cet étranger !

D'un autre côté, se ravisa-t-elle, elle ne pouvait plus non plus supporter la pression de sa mère pour qu'elle se marie. Elle était prise au piège, se dit-elle en entrant dans l'ascenseur. Désespérée, elle appuya sur le bouton de son étage et regarda se refermer sur elle les portes de la cabine.

3.

Au petit matin, Emma fut éveillée par la sonnerie du téléphone. Peverell ? Si c'était lui, il devait avoir de solides raisons d'appeler. Etait-il revenu sur sa décision ?

— C'est toi, maman ! s'exclama-t-elle, étrangement soulagée.

— Je sais qu'il est tôt, déclara Kaye, mais j'étais si impatiente de te parler de Noah ! Cela va sans dire, ton père et moi le trouvons absolument charmant !

Cela allait sans dire... mais cela allait mieux en le disant ! songea Emma, amusée et intriguée. Où sa mère voulait-elle en venir ?

— J'ai réfléchi à la liste des invités, et je voulais te demander...

— Des invités ?

— Pour le mariage, bien sûr !

— Tu ne penses pas que c'est un peu précipité ?

— La précipitation n'existe pas pour ce genre de choses.

— Mais maman...

— Bien sûr, vous ne faites que sortir ensemble. Mais puisque c'est la première fois que tu nous présentes un jeune homme, j'en conclus que votre relation est plus sérieuse que tu veux bien l'admettre.

Emma étouffa un soupir de culpabilité. Qu'elle détestait mentir ainsi à sa mère !

— En fait, je...

— Sache que je comprends tout à fait, ma chérie, et c'est tout à ton honneur de te montrer si modérée ! Dis-moi, quand dois-tu le revoir ?

— Ce n'est pas prévu, mais...

— Evidemment, vous vous aimez tant que vous n'avez pas besoin de convenir de rendez-vous ! Noah passe te voir dès que son emploi du temps le lui permet. Et j'imagine que vous passez des heures au téléphone à vous raconter vos journées ! Vous devez avoir tellement à vous dire !

— Il doit d'ailleurs m'appeler ce matin, renchérit Emma.

— Là, c'est exactement ce que je disais ! Je vais te laisser, je m'en voudrais de vous empêcher de vous parler. Je t'appellerai demain soir.

Emma eut à peine le temps d'embrasser sa mère que celle-ci avait déjà raccroché.

Amusant, se dit-elle, c'était la deuxième fois que sa mère se contentait d'un bref coup de fil, au lieu des interminables sermons téléphoniques d'autrefois — si l'on pouvait considérer la semaine passée comme remontant déjà à « autrefois ».

Lorsque Noah lui téléphona vers 10 heures du matin, Emma l'accueillit avec une relative gratitude. Après tout, n'était-ce pas grâce à lui que sa mère avait commencé à écourter ses appels ?

— Je peux passer maintenant, proposa-t-il de but en blanc.

Emma sentit son cœur faire un bond dans sa poitrine. Elle qui s'était imaginé qu'il ne pourrait pas lui accorder d'entretien — elle n'osait employer le terme de rendez-vous — avant une ou deux semaines... Elle aurait pourtant dû commencer à s'accoutumer à la méthode Peverell !

— Parfait, s'entendit-elle répondre sur le même ton détaché que lui. Je prépare le café.

— A tout à l'heure.

En dépit de la nervosité qui s'était emparée d'elle, Emma se prit à sourire. Cet homme était un modèle de rigueur et de rapidité de décision, y compris pour ses affaires les plus privées. Moins romantique que lui, c'était impossible.

Ce qui lui convenait à merveille, bien sûr.

Elle fit un détour par la salle de bains pour une brève inspection. Son pantalon de lainage fin et son pull de cachemire camel convenaient parfaitement pour l'occasion, se dit-elle en brossant rapidement ses cheveux pour remettre en place ses mèches blondes.

Elle préféra ne pas se maquiller, à l'exception d'une touche de rouge à lèvres beige doré qui rehaussait l'éclat de son regard noisette, plus brillant qu'à l'ordinaire.

Puis, réfrénant à grand-peine la fébrilité qui l'agitait, elle se rendit dans la cuisine pour préparer le café promis à Noah. Quand elle pensait à la réputation de calme et d'efficacité qui était la sienne au bureau ! Une chance que ses patrons ne la voient pas en cet instant, si ridiculement agitée qu'elle en avait les mains tremblantes. Sinon, elle aurait pu dire adieu à sa promotion...

L'Interphone résonna, faisant sursauter Emma.

— Peverell, annonça une voix qu'elle aurait reconnue entre mille.

Incapable d'articuler une parole, elle se contenta d'enfoncer la touche qui commandait l'ouverture de la porte du rez-de-chaussée. Il fallait à tout prix qu'elle se calme !

Mais lorsqu'il apparut sur le seuil de son appartement, vêtu d'un pantalon de toile et d'une ample chemise de coton blanc qui accentuait la nuance mate de son teint, elle sentit son cœur s'emballer de plus belle.

Un homme n'avait pas le droit d'être aussi séduisant! songea-t-elle en lui faisant signe d'entrer.

— Le café est prêt.

Pas la plus spirituelle des formules de bienvenue, mais étant donné son état de fébrilité, Emma plaidait les circonstances atténuantes.

Il prenait son café noir, sans sucre, annonça-t-il quelques instants plus tard dans le salon, lorsqu'elle lui tendit la tasse qu'elle venait de lui verser. Emma se servit à son tour et, tout en s'émerveillant de ne pas avoir renversé la cafetière sur ses genoux, elle décida de passer à l'offensive.

Avec ses façons de hussard, Peverell ne risquait guère de lui reprocher de manquer de tact.

— Vous souhaitiez régler quelques détails avec moi?

A sa surprise, il ne lui répondit pas tout de suite. Il se contenta de la dévisager de longues secondes d'un regard acéré, avant de demander avec un calme exaspérant :

— C'est moi qui vous rend si nerveuse?

— Avouez que la situation n'est pas des plus ordinaires.

Un imperceptible sourire passa sur les lèvres de Noah, dissipant l'espace d'un instant son expression hautaine.

— Je vous l'accorde bien volontiers, répondit-il d'une voix étonnamment aimable.

Mais à peine Emma avait-elle eu le temps de s'en faire la remarque qu'il avait déjà retrouvé son expression austère.

— A présent que nous avons passé une soirée ensemble, nous avons eu le temps de faire plus ample connaissance. Je suppose que nous sommes en mesure de décider de la poursuite ou non de notre partenariat.

Faire plus ample connaissance? Alors qu'il ne lui avait pas adressé la parole de tout le trajet?

— Dois-je en déduire que votre visite chez mes parents ne vous a pas détourné de votre projet ?

— Et moi, reprit-il, dois-je déduire de votre accueil ce matin que vous maintenez votre offre ?

— Absolument, affirma Emma, plus indécise que jamais.

— Comment pensez-vous mener de front votre travail et votre maternité ?

Incroyable. Il manifestait à peu près autant d'émotion que s'il était en train de négocier une cession de parts ou une augmentation de capital.

— Il me reste des congés à prendre de l'an dernier. En les ajoutant à ceux de cette année, je pourrais m'absenter sans demander de congé maternité. Avec la promotion sur laquelle je compte, vous comprendrez que je n'aie pas l'intention de m'absenter du bureau plus que nécessaire.

— Parfait, acquiesça-t-il avec un calme olympien. Je suppose que vous ne vous opposerez pas à ce que l'enfant vive avec moi ?

Emma n'avait pas réfléchi à ce point, mais il lui parut évident que l'héritier de Peverell ne manquerait de rien. Son père lui choisirait la meilleure nourrice, l'installerait dans une superbe propriété à la campagne, l'enverrait dans les écoles les plus prestigieuses : il n'y avait aucun souci à se faire. D'ailleurs, elle avait sa carrière à mener. Qu'aurait-elle fait d'un enfant ?

— Vous me laisserez lui rendre visite ? demanda-t-elle pourtant, le cœur étrangement serré.

— Je suppose que j'aurais dû anticiper cette question, dit-il après un long silence. D'ailleurs, il est sans doute préférable que l'enfant vous connaisse. Mais nous savons tous les deux qu'il n'est pas question d'un mariage durable, bien entendu.

— Qu'allez-vous imaginer ? Sans la pression de ma

famille, il n'y aurait pas de mariage du tout ! s'indigna Emma.

— Un enfant naturel ? C'est maman qui serait contente, répliqua Peverell, sarcastique.

Emma s'agita, mal à l'aise. Il avait raison, et il le savait.

— Je suppose que je n'ai pas le choix, fit-elle.

— C'est aussi mon avis. En fait, j'exclus absolument l'idée d'un enfant hors des liens du mariage.

Intriguée, Emma plongea son regard dans le sien. Elle savait Noah Peverell à cheval sur les principes, mais à ce point... Tant qu'il avait l'enfant qu'il désirait, pourquoi ce besoin de respecter les usages ? Etait-il plus vieux jeu qu'elle ne l'avait cru ?

— Au moment du divorce, poursuivit-il, il sera plus facile de faire valoir mes droits en tant que père.

Emma le considéra, interdite. Que voulait-il dire ?

— Vous avez peur que je ne décide de garder l'enfant pour moi toute seule ? demanda-t-elle, le souffle coupé par l'indignation.

— Disons que je préfère prévenir ce type d'incident.

— Vous n'avez aucune confiance en moi ?

— Je ne vous connais pas.

Mortifiée, Emma chercha une réponse cinglante, en vain. Ce qui était aussi bien, comprit la jeune femme en prenant conscience qu'elle non plus ne connaissait pas Noah Peverell. Ils étaient deux étrangers, que la préservation de leurs intérêts contraignait à une alliance temporaire.

— Je suppose que ce mariage est un mal nécessaire, murmura-t-elle, pensive.

— Précisément. Dès que mes avocats auront...

— Vos avocats ! répéta Emma, manquant de s'étrangler.

— Nous aurons besoin d'eux au moment du

divorce, ainsi que pour établir le montant de votre pension, naturellement.

— Ma... pension ?

— Ma foi, je suppose que vous demanderez une compensation.

— Enfin pour qui me prenez-vous ? Gardez donc votre argent ! Que voulez-vous que j'en...

Emma s'interrompit, gênée par sa soudaine explosion de colère.

— J'imagine que voilà ce que vous entendiez l'autre jour par « soupe au lait », n'est-ce pas ? demanda-t-elle, radoucie.

Noah sourit alors — un vrai sourire, franc et massif, qui illumina son visage de façon inattendue.

— Vous êtes nerveuse, et je vous ai offensée. Je vous prie de me pardonner.

Il avait la voix étonnamment douce, et dans son regard couleur gris perle, Emma crut discerner une furtive lueur de tendresse. Elle devait rêver !

— Cependant, l'entendit-elle poursuivre, nos contraintes personnelles font que nous avons besoin l'un de l'autre — momentanément, bien entendu. Voilà pourquoi il me semble qu'il serait souhaitable que vous m'épousiez.

Emma se figea, le cœur battant la chamade. L'instant redouté était arrivé. Noah Peverell venait de la demander en mariage. Plus indécise que jamais, elle leva les yeux vers lui.

— Je dois y réfléchir, déclara-t-elle dans un souffle.

— Je serai absent jusqu'à jeudi soir, appelez-moi ce jour-là.

Il était déjà debout, prêt à partir, lorsque Emma osa la question qui lui brûlait les lèvres.

— Je n'aurais pas besoin de vivre avec vous ?

Alarmée, elle le vit se tourner lentement, une expression soudain grave sur le visage. L'avait-elle vexé ?

— Aussi jolie que vous soyez, Emma, je pense que ce n'est pas souhaitable.

Emma sentit son cœur s'affoler. Noah la trouvait jolie ! Et il venait pour la première fois de l'appeler par son prénom ! C'était absurde, mais elle se sentait soudain légère, euphorique. Pourtant, une interrogation majeure subsistait.

S'ils ne vivaient pas ensemble, de quelle façon envisageait-il... ? Emma sentit ses joues rosir. Seigneur, comment aborder un tel sujet ?

— Mais je...

Peverell lui décocha un regard intrigué, puis son visage s'éclaira.

— C'est l'aspect pratique de notre arrangement qui vous tracasse ?

Emma porta la main à ses joues brûlantes. Elle devait être rouge vif, à présent !

— Devrons-nous... avoir des... contacts ? bafouilla-t-elle. Il existe des moyens scientifiques, grâce auxquels...

— Je préférerais les méthodes naturelles, pour mon fils.

— Oh ! murmura faiblement Emma.

— Dans votre métier, on sait compter. Une fois que nous serons mariés, vous me contacterez lorsque vous aurez calculé vos périodes fertiles.

Incapable d'articuler une parole, Emma se contenta de hocher la tête. Puis elle se leva. La conversation prenait un tour des plus gênants. Il était temps d'y mettre un terme ! Mais son calvaire n'était pas encore terminé.

— Puisque nous en sommes aux questions d'intendance, reprit Noah, vous me pardonnerez d'aborder ce point. Si nous devons avoir des rapports non protégés, j'ai besoin de savoir si vous avez eu beaucoup de partenaires ?

Emma se sentit défaillir. Il ne lui aurait rien épargné !

— N... Non, prononça-t-elle péniblement. Rien qui doive vous inquiéter.

— De mon côté, je puis vous assurer que vous ne risquez rien non plus, j'ai toujours pris toutes les précautions voulues, précisa-t-il avec une admirable froideur.

— Bien.

— Rien d'autre ?

— Non, murmura Emma en s'absorbant dans l'étude du chandail de son compagnon, incapable d'affronter son regard.

— Dans ce cas, tout est pour le mieux.

Emma le raccompagna jusqu'à la porte et, après un rapide au revoir, retourna dans le séjour. Enfin seule, elle s'effondra sur le premier siège, désemparée. Tout était pour le mieux ?

Pas vraiment ! Car les appels téléphoniques de sa mère, qui s'étaient espacés un temps, reprirent de plus belle, cette fois-ci sur le thème de l'organisation du mariage.

Résultat, Emma n'avait fait qu'échanger une pression contre une autre. Jeudi soir, après quatre nuits d'insomnie, elle n'avait toujours pas arrêté sa décision.

— Peverell, annonça Noah lorsqu'elle se décida enfin à composer son numéro.

— Bonsoir, articula-t-elle, la gorge nouée par l'émotion.

— Puisque vous m'appelez, j'en déduis que je peux contacter l'officier de l'état civil ?

Pas de « Bonsoir, Emma, comment allez-vous ? » Droit au but, comme toujours, maugréa la jeune femme.

— Il me reste quelques détails à régler, répondit-elle en adoptant le même ton professionnel. L'enfant, d'abord. Pourrez-vous lui consacrer suffisamment de temps ?

— Ma charge de travail devrait s'alléger dans le courant de l'année. Quant à l'enfant, il n'aura pas besoin de moi avant au moins neuf mois. Une autre question ?

— Où nous sommes-nous rencontrés ? Je parle de la version officielle, bien sûr. Que dois-je dire aux gens ?

— Aux gens ou à Lois Crosby ?

Il savait que celle-ci avait été son informatrice, comprit Emma, confuse. Pire, il avait deviné qu'elle n'avait pas osé avouer à Lois le véritable objet de sa démarche auprès de lui.

— A Lois, admit-elle.

— Pourquoi ne pas lui dire que vous étiez tellement fascinée par mon charme qu'il vous fallait impérativement mon numéro de téléphone ?

— Lois ne croit pas aux contes de fées !

Il lui sembla distinguer un rire étouffé à l'autre bout du fil. Une illusion, sans doute : Peverell ne possédait aucun sens de l'humour.

— Dans ce cas, disons que nous nous sommes rencontrés lorsque vous m'avez contacté pour une importante démarche pour le compte de Colman et Fisher, affirma-t-il avec un imperturbable sérieux.

— Parfait ! Vous comprenez, j'ai horreur de mentir à Lois, mais je préférerais que notre accord reste entre vous et moi.

— Alors nous sommes fiancés ?

— Ne nous emballons pas !

— C'est le moment de vous décider. Je compte demander une dérogation pour la publication des bans. Ainsi, nous pourrons être mariés la semaine prochaine et...

— Pourquoi se précipiter ?

— Plus vite nous serons mariés, plus vite nous pourrons entamer la procédure de divorce !

Ce n'était certes pas la demande en mariage la plus romantique qu'Emma eût imaginée ! Puis elle se ressaisit. Romantique ? Qui parlait de romantisme ?

— Là n'est pas la question, répondit-elle, mais ma mère risque de ne pas apprécier que je la prive de la robe blanche et des petits fours.

— Elle est obligée d'assister au mariage ?

Se marier d'abord et l'annoncer ensuite à sa mère ? C'était tout bonnement un crime !

— Je n'ai pas le droit de lui faire cela, plaida Emma. Après tout, c'est pour elle que je me marie, non ?

— Un point pour vous, admit Noah d'une voix contrariée.

Il marqua un silence, avant de reprendre :

— Je ne serai pas disponible durant les deux prochaines semaines, mais j'ai un créneau le mardi suivant. Cela vous convient ?

— J'aimerais éviter de prendre un jour de congé. Si nous pouvions reporter au samedi ou au dimanche, négocia Emma.

— Je vérifie auprès de mon secrétariat et je vous confirme la date. Voulez-vous que j'appelle votre père pour demander officiellement votre main ?

— Certainement pas ! Ce n'est pas comme si... comme si nous étions vraiment...

Sottement émue, Emma sentit sa voix s'étrangler dans sa gorge. Elle n'allait pas pleurer, à présent !

— Enfin, reprit-elle, je les préviendrai moi-même, si vous n'y voyez pas d'inconvénient.

— C'est maman qui va être ravie, commenta Noah avant de raccrocher.

Le mufle ! Comment pouvait-il ressentir aussi peu d'émotions en un instant aussi solennel ? Bien sûr, il ne s'agissait pas d'un mariage tout à fait ordinaire, mais... La sonnerie du téléphone retentit, faisant sursauter Emma. Que voulait-il encore ?

— Maman ? dit-elle, soudain radoucie, en reconnaissant la voix de sa mère.

— Je ne te dérange pas ? Noah n'est pas chez toi ?

— Il est chez lui.

— Donc il est rentré de son voyage d'affaires. Tu dois être impatiente de le retrouver ?

— Oui, mentit Emma. En fait il vient de m'appeler, et...

C'était le moment de se lancer.

— ... Et en fait, il...

Seigneur, elle n'y arriverait jamais !

— A vrai dire, je...

Emma prit une profonde inspiration, et se jeta à l'eau.

— Noah vient de me demander en mariage.

Et sans attendre une seconde de plus, elle écarta le combiné de son oreille pour atténuer le cri de joie strident de sa mère. S'ensuivirent quelques minutes de confusion, durant lesquelles Kaye commença toute une batterie de questions qu'elle n'acheva pas, répondit à d'autres qu'Emma n'avait pas posées, pour finalement affirmer qu'elle ne pleurait pas, avec une conviction des plus douteuses.

— Je suppose qu'il t'a fait sa demande ce soir ? Helen et Celia seront si heureuses... Quelle date prévoyez-vous pour la cérémonie ? J'ai toujours trouvé que le mois de juin était parfait ! Il va falloir nous dépêcher de...

Juin ? Mais c'était l'an prochain ! A cette époque, songea Emma, ils seraient plus proches du divorce que du mariage.

— Noah et moi préférons nous marier plus tôt que cela.

— Plus tôt ? Avec tous les préparatifs qui nous attendent ? Tu n'y songes pas !

— En fait, nous voudrions être mariés d'ici trois semaines.

De nouveau, Emma éloigna le combiné de son oreille.

— Trois semaines !

Au point où elle en était, songea-t-elle, autant tout annoncer d'un bloc à sa mère.

— Oui, s'il peut trouver une date dans son emploi du temps. Tu sais comme il est débordé... Ce sera probablement un samedi, si l'officier de l'état civil est disponible.

— Un mariage civil ? répéta Kaye.

Quelques minutes plus tard, Emma s'adossa sur son canapé, en proie aux doutes les plus cruels. Avait-elle bien agi ? Dire qu'elle ne s'était lancée dans cette folle aventure que dans le but de contenter sa mère et que, par sa faute, celle-ci devait à présent se trouver au bord de la dépression nerveuse !

Lorsque le téléphone sonna de nouveau, elle tendit la main dans un réflexe, avant de se figer. A quoi bon parler à sa mère dans l'état de choc où elles étaient toutes deux pour l'instant ?

D'un autre côté, elle n'avait pas le droit de faire la sourde oreille. Mieux valait répondre et affronter la tempête qu'elle venait de déclencher.

— Oui ? dit-elle d'une voix lasse.

— Ça ne va pas ? demanda Noah.

— Oh, c'est vous...

— Vous attendiez quelqu'un d'autre ? Votre mère, peut-être ?

— Je viens de lui parler. Ou plus exactement, elle vient de me parler. Et sans ménagement...

— Tiens, moi aussi !

— Ma mère vous a appelé ? sursauta Emma.

— La mienne. Figurez-vous que, moi aussi, j'ai une mère. Je viens de lui annoncer que je me mariais.

— Je suppose qu'elle n'était pas contente ?

— Non, elle n'est pas contente. C'est pire que cela...

— Je suis désolée.

— ... elle est tout simplement folle de joie, poursuivit Noah. Elle veut vous rencontrer dès que possible.

— Quel prétexte avez-vous trouvé pour refuser ?

— Je n'ai même pas essayé. Une fois qu'elle a su que j'avais rencontré vos parents, j'étais perdu. Que diriez-vous d'un dîner mardi soir, dans le Sussex ?

— Et vous, que diriez-vous d'un mariage religieux, avec les grandes orgues, les cloches et ma famille au grand complet, dans le Yorkshire ? répliqua Emma.

— On abandonne le mariage civil ?

— Maman y est allergique, confessa Emma.

— Je vois... Etes-vous sûre qu'elle va pouvoir organiser un tel raout en seulement trois semaines ? Je croyais que ces affaires-là demandaient une bonne année de préparation ?

— Je la crois capable de tout, répondit Emma dans un frisson d'effroi. Mais... et vous, cela ne vous fait pas peur ? La pièce montée, la robe blanche...

— Vous devez être très belle en blanc.

De saisissement, Emma ne répondit pas. Avait-elle bien entendu ?

— Je passerai vous prendre mardi soir vers 6 heures, reprit-il. Nous ferons un saut chez moi. Si mes parents s'aperçoivent que vous n'avez jamais vu l'endroit où je vis, ils risquent de se poser des questions.

Le jour dit, à 5 h 59, Emma attendait dans l'entrée de son appartement. D'un bref regard, elle vérifia sa tenue. Chemisier de soie écru, tailleur de tweed crème et escarpins assortis, elle avait une fois de plus opté pour un classicisme de bon ton. Mentalement, elle adressa une prière de remerciement à Lois, à qui elle devait son nouveau style vestimentaire.

Quelques secondes plus tard, elle entendit sonner l'Interphone. Comme Noah l'avait proposé, ils se rendirent tout d'abord dans sa maison, située dans l'un des quartiers les plus huppés de Londres. Sous la conduite du propriétaire des lieux, Emma visita la superbe villa victorienne meublée dans un goût parfait. Vaste bibliothèque garnie d'ouvrages reliés, salle à manger ouvrant sur un agréable jardin de ville, salon lumineux orné de tableaux anciens... Noah Peverell vivait dans un cadre digne d'un magazine de décoration, nota Emma, plus admirative qu'elle ne voulait le laisser paraître.

— J'allais oublier! s'exclama celui-ci au moment où ils s'apprêtaient à quitter la maison.

Intriguée, Emma le vit sortir de sa poche une petite boîte de cuir au grain fin.

— Votre bague de fiançailles. J'ai pensé que ce serait plus crédible.

— Excellente idée. Combien vous dois-je?

Noah lui décocha un regard étonné.

— Pardon?

— Pour cette bague, combien vous dois-je?

L'expression intriguée de Noah fit place à un imperceptible sourire.

— Vous m'étonnerez toujours!

Emma prit la boîte qu'il lui tendait pour l'ouvrir avec précaution. Sur un écrin de velours sombre, un somptueux solitaire monté en cabochon scintilla de tous ses feux.

— Elle est vraie?

— Non, je l'ai trouvée dans une pochette surprise, répliqua Noah, narquois.

— Excusez-moi. Je ne m'attendais pas à une telle

merveille. Mais ne vous inquiétez pas, j'y ferai très attention. Je vous la rendrai dès que tout ceci sera fini.

De nouveau, elle sentit le regard incrédule de Noah se poser sur elle.

— Vous êtes vraiment incroyable ! Allons, passez-la et partons. Nous avons de la route à faire.

Une fois de plus, le trajet se déroula dans le plus grand silence. Lorsqu'ils arrivèrent en vue du petit manoir où résidaient les parents de Noah, Emma constata avec soulagement qu'elle commençait à s'habituer à la présence du splendide bijou à son doigt.

— Votre pauvre maman ! s'exclama Ruth Peverell une fois les présentations effectuées. Noah n'a pas idée des soucis qu'il lui donne en précipitant ce mariage !

— Emma et moi ne voulons pas attendre une journée de plus, déclara Noah d'un ton vibrant d'enthousiasme.

— Dans ce cas, je suppose que vous allez vous installer chez Noah dès le mariage ?

— Emma préfère garder son appartement. Il est situé près de son travail, et je suis si souvent loin de Londres... Dès que possible, nous chercherons une grande maison à la campagne. N'est-ce pas, ma chérie ?

Emma acquiesça d'un signe de tête, incapable de renchérir. Non seulement elle détestait mentir, mais elle n'osait penser à la déception de Ruth et Brandon Peverell lorsque Noah leur annoncerait le divorce.

Le dîner fut un calvaire pour Emma mais, par chance, Noah se montra plus bavard qu'à l'ordinaire, lui évitant les pièges que lui tendaient involontairement ses parents.

Lorsque, à minuit passé, Noah se gara au pied de l'immeuble d'Emma, celle-ci s'aperçut qu'elle était recrue de fatigue. Accompagnée de son chevalier servant, elle franchit les quelques pas qui la séparaient de l'entrée, inséra sa clé dans la serrure, et poussa la porte.

— Eh bien... bonsoir, dit-elle, presque timidement.

Immobile, Noah la regarda de toute sa hauteur, et sur son visage grave, elle crut voir passer l'ombre d'une hésitation. Le cœur battant à se rompre, elle se figea... et vit Noah se détourner brusquement.

Tandis que l'écho des pas de celui-ci décroissait rapidement sur le trottoir, elle se rua à l'intérieur et, sans attendre l'ascenseur, grimpa les escaliers quatre à quatre.

Elle aurait dû se réjouir, se dit-elle. La prochaine fois qu'elle verrait Noah, ce serait pour remonter la nef à ses côtés, avant de prononcer le oui fatidique. Aussi incroyable que cela paraisse, elle était en train de réussir le pari fou qu'elle s'était lancé.

Alors pourquoi cette tristesse qui l'étreignait ?

4.

Huit jours avant la date fixée pour le mariage, Emma trouva sur son répondeur un appel de sa mère, qui proposait de rencontrer les parents de Noah avant la cérémonie. Elle commençait à chercher un prétexte pour détourner celle-ci de son projet lorsqu'elle entendit sonner le téléphone.

— Tout va bien ? demanda une voix masculine désormais familière.

Noah ! Pour une fois, c'était un soulagement de l'entendre — même si elle était surprise qu'il appelle des Etats-Unis.

— Pas vraiment, répondit-elle avant d'exposer son souci.

Mais, à son grand étonnement, Noah ne parut pas contrarié par la perspective d'une « rencontre au sommet » réunissant leurs parents. Sans doute parce qu'il avait l'habitude des réunions entre hommes d'affaires de haute volée...

— Je trouve que c'est une très bonne idée, annonça-t-il. J'aurais dû y penser moi-même. Que diriez-vous de jeudi prochain ?

Muette de stupeur, Emma finit par retrouver l'usage de la parole et acquiesça brièvement.

— Alors c'est entendu. Dites à votre mère que je m'occupe de tout, lança-t-il avant de raccrocher.

Sa surprise passée, la jeune femme considéra en silence le combiné, avant de le remettre en place sur son socle. Peverell la prenait-il pour une empotée ? Elle était parfaitement capable de réserver une table pour six personnes !

Le jeudi suivant, en arrivant au bureau, elle avait toutefois oublié sa contrariété envers Noah. Non seulement elle avait été débordée de travail depuis le début de la semaine mais, à la réflexion, elle appréciait de pouvoir s'appuyer sur quelqu'un d'autre pour prendre des décisions, si futiles soient-elles.

A peine s'était-elle installée à sa table de travail qu'elle entendit sonner son téléphone.

— Mademoiselle Aston ? Secrétariat de M. Peverell.

En quelques phrases concises, l'assistante de Noah informa Emma que son patron proposait qu'ils se retrouvent directement dans un grand restaurant de Londres, où elle avait retenu une table pour six, et dont elle lui indiquait les coordonnées.

— Oh ! ajouta la jeune femme. Puis-je me permettre de vous présenter tous mes vœux de bonheur ?

Plus émue qu'elle ne voulait le laisser paraître, Emma la remercia, puis raccrocha. D'un geste furtif, elle tamponna ses paupières humides de larmes. Fallait-il être naïve pour pleurer ainsi ! se reprocha-t-elle en plongeant dans ses dossiers.

Ce soir-là, tandis qu'elle se rendait au restaurant en compagnie de ses parents, Emma sentit de nouveau la nervosité la gagner. Et si l'avion de Noah avait été retardé ? songea-t-elle avec angoisse. Sans lui, sans sa tranquille assurance, elle se sentait incapable d'affronter l'épreuve qui l'attendait.

D'un autre côté, la perspective de retrouver Noah après

plus de dix jours d'absence la mettait à la torture... Si seulement il pouvait ne pas être là, finalement !

— Je suppose que tu dois être impatiente de retrouver ton fiancé ? lança Kaye, radieuse.

— Oh, oui ! mentit Emma, la gorge nouée par le trac.

Lorsqu'elle entra dans le restaurant à la suite de ses parents, la première personne qu'Emma aperçut fut Noah, qui traversait la salle à sa rencontre. Une seconde plus tard, il avait refermé les bras autour d'elle.

Emma se raidit, mais parvint à contenir un saut de carpe pour s'éloigner de lui. Ce n'était pas le moment de se trahir.

— Du calme, l'entendit-elle murmurer à son oreille. N'oubliez pas que nous sommes impatients de nous retrouver !

Puis elle le vit s'écarter légèrement d'elle.

— Désolé, mais il va falloir que je vous embrasse.

— Surtout ne vous sentez pas obligé, murmura-t-elle entre ses dents, sans cesser un instant de lui sourire.

Elle ne devait pas oublier qu'ils étaient en représentation, pensa-t-elle... avant de ne plus être capable de la moindre pensée cohérente.

Avec un naturel confondant, Noah venait de se pencher vers elle pour poser ses lèvres sur les siennes.

Emma oublia la salle de restaurant, les regards posés sur eux, le reste de l'univers. Plus rien n'exista que le contact suave des lèvres de Noah, la pression de ses mains sur ses épaules, la sensation bouleversante de sa présence si proche.

Lorsque leurs lèvres se séparèrent, Emma plongea le regard dans celui de son compagnon, chavirée par l'intensité des émotions qu'il avait su déclencher en elle d'un simple baiser.

Pantelante, les jambes faibles, elle se laissa guider par son « fiancé » jusqu'à la table où les attendaient leurs parents. Après avoir effectué les présentations avec une aisance remarquable, Noah aida Emma à prendre place et s'assit à son tour.

Le dîner se déroula sans anicroche, grâce aux talents diplomatiques de Noah, qui sut immédiatement trouver les sujets d'intérêt commun entre leurs parents. Comment cet homme si froid et antipathique dans l'intimité pouvait-il se montrer aussi charmant en société ? Emma n'en avait pas la moindre idée.

Mais au fond, qu'importait ? Elle n'avait « loué ses services » que pour le bénéfice de ses propres parents et, de ce point de vue, elle devait admettre que Noah Peverell remplissait son contrat avec un talent qui forçait l'admiration. En toute objectivité, elle n'avait rien à lui reprocher — en moins d'une demi-heure, Ruth Peverell et Kaye Aston étaient pratiquement devenues amies d'enfance...

— Votre fille est tellement charmante ! s'exclama la première au moment de se séparer.

— Et je n'aurais pu rêver d'un gendre plus parfait que votre fils, renchérit la seconde, le visage éclairé d'un sourire radieux.

Deux mères poules en train de se féliciter mutuellement ! Quant à leurs pères, ils s'étaient lancés dans un débat philatélique de fond concernant le classement des timbres — alphabétique ou thématique ? — et paraissaient avoir oublié le reste de leur petit groupe.

Mission accomplie ! jugea Emma en son for intérieur, tout en glissant un regard en direction de Noah. Si elle en jugeait à son expression amusée, lui aussi paraissait apprécier le succès de sa prestation.

Côte à côte sur le trottoir, main dans la main comme il se devait, ils souhaitèrent bonne route à leurs parents, qui repartaient pour leurs domiciles respectifs. Puis, lorsque les voitures eurent disparu, Emma s'écarta de Noah. Le rideau était tombé, elle pouvait ôter son masque de fiancée rayonnante de bonheur.

— Merci pour cette soirée. Je vais prendre un taxi, annonça-t-elle en se dirigeant vers le boulevard.

Mais à peine s'était-elle éloignée de Noah qu'elle sentit une main virile la prendre par le bras avec douceur.

— Je suis garé à deux pas, dit-il d'un ton qui n'admettait pas de réplique.

A quoi bon protester? Docile, elle accompagna Noah jusqu'à la Jaguar.

— Je suis désolée de vous avoir imposé cette soirée, dit-elle une fois qu'ils eurent pris le chemin de son appartement.

— Cela faisait partie de notre contrat, dit-il d'un ton indifférent. Je vous offre le mariage, et vous me donnez...

— Un héritier, termina Emma à sa place. Ou une héritière. Avez-vous pensé que le destin pourrait vous réserver cette surprise?

— Le destin n'oserait pas.

Il avait parlé avec un tel sérieux qu'Emma le dévisagea avec effroi... pour apercevoir, à la lueur des réverbères, un sourire en coin qui contredisait ses paroles. Cet homme possédait-il plus d'humour qu'elle n'avait cru?

Emma n'eut pas le temps d'approfondir cette question, car ils étaient déjà arrivés. Comme il en avait pris l'habitude, Noah descendit de voiture pour ouvrir la porte à Emma, avant de l'accompagner jusqu'à la porte de l'immeuble.

Plus émue qu'elle ne voulait le montrer, la jeune femme approcha sa clé de la serrure, mais sa main tremblait tant qu'elle ne put l'insérer correctement. Avec son calme coutumier, c'est Noah qui, lui prenant la clé avec autorité, ouvrit la porte pour elle.

— A samedi, dit-il après lui avoir rendu sa clé.

Et, sans attendre sa réponse, il pivota sur ses talons et s'éloigna. Samedi? Mais c'était déjà le jour de la cérémonie!

— Noah! l'appela Emma, soudain prise de panique.

— Oui? demanda-t-il en se tournant vers elle.

— Je... Nous allons devoir quitter la réception ensemble. Dans votre voiture.

Un sourire imperceptible passa sur son visage austère.

— Je nous vois mal partir chacun de son côté pour notre nuit de noces, répliqua-t-il, un soupçon de sarcasme dans la voix.

— Nuit de noces ? sursauta Emma. Mais nous n'avons pas prévu de...

— Bien entendu.

Puis, alors qu'elle s'attendait à le voir partir pour de bon, il franchit d'un pas l'espace qui les séparait et, la toisant de toute sa hauteur, la prit par les épaules. Emma sentit ses jambes faiblir. Allait-il... ?

— Emma, dites-moi ce qui vous tracasse.

Vous ! faillit-elle s'écrier. Sa présence presque magnétique, l'indifférence souveraine qu'il affichait... et les brèves lueurs de tendresse qu'elle croyait parfois discerner au fond de ses yeux couleur d'acier, tout en lui la troublait au plus profond d'elle-même.

— R... rien, mentit-elle, luttant contre l'affolement qui la paralysait.

— Alors que se passe-t-il ? Vous avez des regrets ?

Il marqua une pause avant d'ajouter d'une voix tendue :

— Si vous avez changé d'avis, Emma, il est encore temps.

Et renoncer à la paix que lui garantissait ce mariage, après tous les efforts qu'elle avait endurés ? Il n'en était pas question !

— Je ne reviens jamais sur un contrat, riposta-t-elle, les dents serrées.

Le jour de la cérémonie, Emma s'éveilla dans sa chambre de jeune fille, aussi anxieuse que s'il s'était agi d'un véritable mariage. A cette exception que, contrairement à toute jeune femme au matin de ses noces, elle n'éprouvait pas la moindre impatience de ne plus faire qu'une avec son promis.

La porte de la pièce s'ouvrit, poussée par une Kaye Aston plus radieuse que jamais.

— Mariage sous le soleil, mariage éternel ! claironna celle-ci en déposant devant sa fille le plateau du petit déjeuner.

— Maman, tu n'aurais pas dû !

— Fais-moi le plaisir de me laisser te dorloter. Ce soir, tu ne seras plus ma petite fille !

Coupable, Emma vit sa mère essuyer une larme d'un geste furtif.

— Allons, reprit celle-ci, bois ton thé avant qu'il ne refroidisse. Comment te sens-tu ?

— Un peu tendue, avoua Emma.

— Tout ira mieux dès que tu verras Noah !

La réception devait se dérouler chez les parents d'Emma, mais par décret maternel, la jeune femme ne fut pas autorisée à participer aux ultimes préparatifs. « Une future mariée se doit de se reposer pour préserver son teint de rose », déclara Kaye lorsqu'elle vint chercher le plateau, tout en adossant sa fille contre ses oreillers d'une main ferme.

Le beau temps se maintint et, un peu avant 2 heures, coiffée et maquillée, Emma fit entrer Lois, qui devait l'aider à passer sa robe achetée en catastrophe — une merveille de soie sauvage à la coupe très pure dont la nuance écru seyait parfaitement à son teint de blonde.

Dans le miroir de sa chambre, la jeune femme examina son chignon bas piqué d'un simple lis blanc et ajusta ses boucles d'oreilles de perle, cadeau de son père pour l'occasion. Sa tenue était parfaite, songea-t-elle, emplie d'une amère satisfaction.

Tout comme seraient parfaites la cérémonie et la réception : on pouvait se fier à Kaye sur ce point.

Oui, tout serait parfait. Sauf l'union que l'on s'apprêtait à célébrer. Que valait un mariage sans amour ? se demanda Emma, le cœur lourd.

Mais il était trop tard pour tergiverser. Dans la cour, ronronnait déjà le moteur de la voiture. Dans moins d'une heure, songea Emma, elle serait l'épouse légitime de Noah Peverell.

Sauf si elle disparaissait. Après tout, Noah Peverell semblait faire si peu de cas de sa future épouse ! Un instant, la jeune femme se laissa emporter par cette idée folle, avant de revenir à la réalité. Si peu qu'elle connût l'homme à qui elle s'apprêtait à dire oui, elle le savait fier et ombrageux. Fuir au dernier moment eût été l'outrager gravement.

Le trajet jusqu'à l'église était court, mais suffisant pour que les pensées d'Emma prennent un autre chemin, tout aussi angoissant que le précédent. Et si Noah avait changé d'avis ? S'il avait décidé de ne pas venir ?

Lorsqu'elle se présenta aux portes de l'église, son bouquet nerveusement serré entre les mains, Emma entendit retentir les premières mesures de l'orgue. Son père la prit par le coude et, d'un pas solennel, ils remontèrent la nef sous le regard de l'assemblée.

Enfin, Emma aperçut Noah. Il n'avait pas renoncé ! songea-t-elle avec un indicible soulagement. Vêtu d'un pantalon gris perle et d'une queue-de-pie, il se tenait devant l'autel, dans une attitude virile et altière.

Emma sentit alors s'évanouir toutes ses craintes. Epouser Noah était le seul choix possible, elle en eut soudain l'intime conviction.

Lorsqu'elle le rejoignit, il se tourna vers elle pour l'accueillir. Elle lui sourit, rassurée par son regard d'encouragement.

Noah n'embrassa pas la mariée à l'issue de la cérémonie, mais après tout, songea celle-ci, rien ne l'y obligeait. L'assemblée pourrait toujours mettre cette attitude sur le compte de la pudeur.

A la sortie de l'église, sous la traditionnelle pluie de grains de riz, tous deux posèrent pour les photographes, main dans la main. Emma sentit son sourire se figer lorsque, d'une voix altérée par l'émotion, elle entendit Noah murmurer :

— Je savais que vous étiez belle, mais je ne pensais pas que vous seriez aussi délicieuse en robe blanche.

Emma sentit son cœur bondir dans sa poitrine. Soudain, le son des cloches qui carillonnaient à la volée lui parut plus joyeux, le soleil plus chaud, les couleurs autour d'elle plus lumineuses.

— Vous n'êtes pas mal non plus, répondit-elle dans un souffle.

Dans les profondeurs de son regard gris, elle vit s'allumer une lueur pétillante qu'elle ne lui connaissait pas. Puis un sourire éclaira son visage, et soudain elle sentit son cœur se gonfler d'allégresse. D'un regard, d'un sourire, comprit-elle, cet homme possédait le pouvoir de faire d'elle la femme la plus heureuse de la terre.

Ou la plus malheureuse, ajouta-t-elle en s'engouffrant à sa suite dans la limousine qui devait les ramener au cottage familial. Mais pour l'instant, elle refusait d'envisager l'avenir. Elle voulait profiter pleinement de chaque instant de cette journée unique. Il serait bien temps de pleurer demain, lorsqu'elle devrait affronter la solitude de son appartement.

Dans l'ensemble, ce fut une belle journée. Son père prononça son discours avec des larmes dans la voix, Noah remercia solennellement les parents d'Emma de lui confier leur unique trésor, et Marcus, le témoin du marié, souhaita aux jeunes époux tout le bonheur possible, sous le regard embué de larmes de Kaye, étrangement indifférente aux cabrioles des trois garnements de ce dernier entre ses meubles de prix et ses bibelots rares.

En fin d'après-midi, Emma monta dans sa chambre pour revêtir sa tenue de voyage. Tout le monde avait été informé que le voyage de noces était reporté en raison de la charge de travail du marié, mais Kaye avait tenu à ce que sa fille respecte les traditions.

— C'est le plus joli mariage auquel j'aie assisté, déclara Lois en l'aidant à ôter sa longue robe blanche.

— J'étais si nerveuse !

— Moi aussi. Je veux dire, quand je me suis mariée. Excuse-moi, ajouta immédiatement son amie, je n'aurais pas dû aborder ce sujet. Je ne voudrais pas te porter malchance en parlant d'un mariage qui s'est si mal terminé.

A ces mots, Emma sentit son cœur se serrer. Son mariage aussi se conclurait par un divorce, elle le savait. Alors pourquoi cette tristesse soudaine ?

— Comment me trouves-tu ? demanda-t-elle en lissant son tailleur pour se donner une contenance.

— Si je te dis « superbe », cela te va ?

Presque autant que « délicieuse » ! songea Emma, le cœur en fête.

— Allons, il est temps de descendre. Ton mari doit déjà s'impatienter.

Noah lui aussi s'était changé, constata Emma en le retrouvant dans le jardin. Il avait troqué sa tenue de cérémonie contre un costume de ville à la coupe sobre qui mettait en valeur sa silhouette athlétique.

Après d'interminables adieux à la famille et aux amis, Emma suivit Noah jusqu'à la Jaguar. Elle qui avait anticipé cette journée avec tant d'effroi, voilà qu'elle se prenait à rêver que ce jour magique ne finisse jamais.

Ou du moins, qu'il se termine de façon plus traditionnelle. Durant le trajet de retour vers Londres, Emma s'abandonna à sa rêverie. Si ce mariage avait été l'union de deux cœurs, et non un simulacre destiné à contenter sa famille, Noah l'aurait emmenée passer chez lui leur première nuit ensemble — un nuit qui serait suivie de milliers d'autres...

Mais elle devait s'interdire de considérer Noah comme son mari. Il n'était que son associé, en dépit de l'anneau d'or qu'il avait passé à son doigt.

Une fois arrivés au pied de son immeuble, Emma rassembla son sac et sa veste à contrecœur. L'idée de laisser partir Noah lui était insupportable, mais elle ne se voyait pas lui proposer une tasse de thé. Qui sait ce qu'il se serait imaginé ?

— Merci beaucoup, dit-elle platement. Je vous appelle dès que j'aurai calculé la bonne date.

Et, les joues brûlantes de confusion, elle posa la main sur la poignée de la portière. Mais Noah s'était déjà levé pour l'aider à descendre de voiture

Il l'accompagna jusqu'à la porte de son immeuble, lui prit la clé des mains et lui ouvrit. Puis, alors qu'Emma s'apprêtait à s'éloigner de lui, il se pencha vers elle pour déposer un baiser sur sa joue.

— Bonne nuit, murmura-t-il d'un voix plus grave que d'ordinaire.

Puis, avant qu'elle ait pu répondre, il fit demi-tour et regagna sa voiture à grandes enjambées. Quant à elle, plus troublée que jamais, elle grimpa prestement jusqu'au troisième étage, trop fébrile pour attendre l'ascenseur.

Pour la première fois de sa vie, Emma détesta le dimanche.

Recluse dans son appartement, elle n'osa appeler personne, par crainte de trahir la vérité sur son mariage. Le lendemain de ses noces, une jeune mariée n'était pas supposée rechercher d'autre compagnie que celle de son époux !

Pour les mêmes raisons, elle préféra rester à l'abri de son appartement, de peur de rencontrer Lois, qui n'habitait qu'à quelques rues de chez elle. Elle regarda donc défiler la journée derrière ses fenêtres, le cœur lourd. Sans cesse, revenaient à son esprit l'image de Noah, et les paroles qu'il avait prononcées dès qu'ils avaient été seuls. « Je savais que vous étiez belle, mais je ne pensais pas que vous seriez aussi délicieuse en robe blanche. »

Savait-il le pouvoir de ces quelques mots sur elle ? Non, bien sûr. Sans doute n'était-ce qu'un compliment de pure forme, de ces mots gentils qu'un homme est supposé chuchoter à l'oreille de sa toute jeune épouse. Si seulement, se désola-t-elle à de nombreuses reprises, elle parvenait à chasser Noah de ses pensées...

Ce n'était qu'une question de volonté, se dit-elle en s'arrachant à la contemplation maussade du paysage. Il suffisait de s'intéresser à autre chose. Fermement résolue, elle se prépara une tasse de thé, mit son disque de jazz favori et s'installa dans un bon fauteuil avec un roman policier.

Sans le moindre succès. Pas un instant la voix de Noah, son regard, son sourire ne cessèrent de la hanter... Que faisait-il en cet instant ? Avait-il profité de cette journée de liberté pour appeler l'une de ses conquêtes ? Bien qu'il n'ait pas abordé directement ce sujet, Emma devinait qu'un homme si séduisant devait avoir toutes les femmes à ses pieds.

Qui sait si, en ce moment même, il ne se trouvait pas en compagnie de l'une d'elles ? Sur une impulsion, Emma ôta sa bague de fiançailles et son alliance. A quoi bon les porter dans l'intimité de son appartement, puisque ce mariage n'était qu'une comédie ?

Lorsque enfin le soir tomba sur ce dimanche interminable, elle était plus impatiente que jamais de retourner au travail pour se plonger dans ses dossiers.

Le lundi matin, tandis qu'elle se rendait aux bureaux de Colman et Fisher, Emma décida de rester discrète quant à son mariage — d'ailleurs, elle n'avait pas remis sa bague ni son alliance, par crainte de susciter les questions.

De même, se promit-elle de ne rien changer à ses habitudes, tout comme Noah ne changerait probablement rien aux siennes. Aussi, lorsqu'un de ses collègues la convia ce jour-là à une soirée prévue pour le samedi suivant, accepta-t-elle l'invitation de bonne grâce.

Mais sur le chemin du retour, une nouvelle réflexion se

fit jour dans son esprit. A présent que Noah l'avait épousée, il avait honoré sa partie du contrat. Par conséquent, il devait attendre qu'elle se manifeste pour lui indiquer le jour de leur prochaine rencontre. Elle aussi avait un engagement à tenir, et non des moindres.

Mais comment établir avec précision la date propice ? Toute diplômée qu'elle était, Emma n'avait pas une notion bien sûre de la méthode de calcul de son cycle. Une fois chez elle, elle alluma son ordinateur et se connecta sur un site médical, où elle trouva toutes les informations voulues. Puis, équipée de son agenda et d'une calculette, elle procéda au décompte.

Elle recompta une première fois, puis une seconde, alarmée. Mais le doute n'était plus permis. Si elle ne s'était pas trompée dans ses calculs, elle allait pouvoir contacter Noah dès la semaine suivante.

Pourtant, elle ne se sentait absolument pas prête. Un instant, elle envisagea de laisser passer un cycle, afin de s'habituer à l'idée d'avoir un enfant. Mais aussitôt, elle comprit qu'elle serait tout aussi nerveuse le mois suivant, et celui qui suivrait...

Il fallait donc se résoudre à appeler Noah. Emma posa la main sur le combiné du téléphone, avant de s'immobiliser, paralysée par le trac. Le lendemain soir, se promit-elle. Elle avait besoin de temps.

Mais la semaine passa, et le samedi, elle n'avait toujours pas trouvé le courage d'appeler Noah. Elle lui téléphonerait dimanche, se dit-elle ce soir-là dans le taxi qui la ramenait de la soirée chez son collègue de travail.

Une fois rentrée chez elle, elle se lova sur le canapé, songeuse. Comment formuler à Noah l'information qu'elle devait lui communiquer ?

Dans un geste machinal, elle passa à son doigt les bagues qu'elle avait ôtées une semaine auparavant. Elle était la femme de Noah, se dit-elle, comme pour s'encourager. Il aurait dû être normal et facile d'aborder la question qui la tourmentait depuis le week-end précédent.

Elle s'apprêtait à se lever pour gagner sa chambre lorsqu'elle sursauta en entendant la sonnerie du téléphone. Elle consulta sa montre. Minuit passé ! Qui pouvait appeler à une heure aussi tardive ?

— Oui ? répondit-elle d'une voix tendue par l'inquiétude.

— Où étiez-vous passée ? aboya une voix masculine.

Noah ? Pourquoi ce ton si désagréable ?

— J'étais à une soirée, répondit-elle d'un ton volontairement détaché.

— Avec qui ?

— Comment, avec qui ? De quel droit...

— Du droit que me donne mon statut, tonna Noah. Auriez-vous oublié que nous sommes mariés ?

— Et cela m'empêche de sortir ? demanda Emma, vibrante d'indignation.

— Non, mais cela vous interdit de baguenauder avec le premier venu. Je veux être sûr que mon fils n'est pas celui d'un autre.

Emma retint une exclamation furieuse. Pour qui Peverell la prenait-il ?

— Vous n'êtes qu'un goujat ! s'écria-t-elle avant de raccrocher le combiné d'un geste sec.

Puis de ses paupières soudain brûlantes, elle sentit jaillir un torrent de larmes. Comment cet odieux personnage osait-il employer ce ton avec elle ?

Le téléphone sonna de nouveau, mais elle l'ignora, préférant se réfugier sous la douche pour fuir la sonnerie incessante de l'appareil. Lorsqu'elle sortit de la salle de bains vêtue pour la nuit d'une longue chemise de nuit de dentelle blanche, sa colère ne s'était toujours pas apaisée.

Elle s'apprêtait à se glisser dans son lit lorsqu'elle entendit l'Interphone. Si c'était Peverell, elle allait lui réserver son meilleur accueil !

— Oui ? répondit-elle, glaciale.

— Je viens vous présenter mes excuses.

— Sans mauvais jeu de mots, c'est un peu tard !

— Laissez-moi entrer, Emma. Je veux vous parler.

Etouffant un soupir de lassitude, Emma accéda à la demande de Noah.

— Pardonnez-moi, reprit-il dès qu'il franchit la porte d'entrée. J'étais furieux à l'idée que vous aviez passé la soirée à vous amuser.

— Qui vous dit que je me suis amusée ?

Un fin sourire se dessina sur les lèvres de Noah.

— Vous vous êtes ennuyée ? Tant mieux. Comme cela, nous serons deux.

— Mais je pensais que vous...

— Que je passais mes samedis soirs en boîte de nuit ? J'ai ces endroits en horreur. Et puisque nous abordons la question, je tiens à ce que vous sachiez que je n'ai pas l'intention de fréquenter qui que ce soit durant notre mariage.

— Oh..., balbutia Emma, sa colère soudain retombée. Je... puis-je vous offrir un café ?

Cette fois-ci, un sourire lumineux éclaira le visage de Noah.

— Dois-je en déduire que je suis pardonné ?

— Bien sûr, répondit Emma, plus émue qu'elle ne voulait le paraître.

— Alors je vais vous laisser dormir. Comme vous venez aimablement de me le faire remarquer, il est tard.

Il était déjà sur le seuil lorsqu'il se retourna vers elle.

— Je suppose, dit-il en la parcourant d'un regard indéchiffrable, qu'on vous a déjà dit que vous êtes encore plus jolie sans maquillage ?

Elle le toisa, aussi digne que possible.

— Eh bien, monsieur Peverell, voilà ce que j'appelle savoir présenter ses excuses.

Puis elle ajouta, d'une voix moins assurée :

— Au fait, j'ai calculé la date idéale pour... hum ! et mercredi soir paraît être le soir le plus favorable pour...

S'il demandait pour quoi, elle allait mourir de honte. Mais à son habitude, il réagit avec une absence d'émotion presque vexante.

— Préférez-vous me rejoindre chez moi, ou que je vienne ici ?

— J'irai chez vous, répondit-elle rapidement, pressée d'en finir avec ce supplice.

— Alors venez tôt, nous dînerons ensemble.

— Merci, mais je risque de sortir tard. Je viendrai en sortant du travail.

— Comme vous voudrez. Alors à mercredi.

Emma referma la porte derrière lui et s'y adossa, prise de faiblesse. Si elle se sentait aussi nerveuse à la simple évocation de leur prochaine rencontre, dans quel état serait-elle le jour dit ?

5.

Au matin du lundi suivant, Emma commença de sentir monter en elle une peur panique. Jamais elle ne pourrait affronter l'épreuve qui l'attendait ! Mais comment se sortir du piège où elle s'était enferrée ? Elle avait beau chercher, aucune solution ne lui apparaissait.

Durant les nuits d'insomnie qui précédèrent la soirée fatidique du mercredi, elle envisagea mille fois la question, pour parvenir chaque fois à la même conclusion : Noah lui faisait confiance, elle n'avait pas le droit de le décevoir.

Parfois, lui revenait le souvenir de la brève étreinte de Noah, le soir où il l'avait accueillie au restaurant sous les regards émus de leurs parents. Qu'elle s'était sentie bien auprès de lui ! Elle n'avait pas oublié le contact de ses lèvres fermes sur les siennes, durant les quelques secondes qu'avait duré leur chaste baiser.

Mais il fallait se faire une raison. Le temps des baisers chastes était passé.

La journée du mercredi passa à une allure terrifiante. Lorsque l'après-midi toucha à sa fin, Emma était plus nerveuse que jamais. Dans le silence qui s'était abattu sur le bureau après le départ de ses derniers collègues, elle consulta sa montre. Presque 8 heures du soir. Trop tard pour ouvrir un nouveau dossier, songea-t-elle non sans une pointe de regret. Bien sûr, il ne s'agissait là que de conscience professionnelle, non d'une lamentable tentative de gagner du temps.

Bien sûr.

Durant le trajet qui la ramenait chez elle, Emma décida d'attendre que 9 heures aient sonné pour se présenter chez Noah. Elle n'avait pas la moindre envie de le déranger en plein dîner, et en ce qui la concernait, son estomac noué par l'angoisse lui aurait interdit d'avaler une seule miette.

Une fois chez elle, elle prit une douche, choisit dans sa nouvelle garde-robe un tailleur pantalon simple et confortable, jeta dans un sac quelques affaires de toilette pour la nuit, puis quitta l'appartement au pas de course.

Avant de ne plus en trouver le courage.

Durant le trajet jusque chez Noah, Emma tenta, avec un succès mitigé, de faire le vide dans son esprit. Si bien qu'une fois arrivée devant sa porte, elle n'avait plus qu'une idée — en finir au plus vite avec l'épreuve qui l'attendait pour rentrer chez elle *illico presto*.

Avec un peu de chance, le fait de voir Noah l'aiderait peut-être ? songea-t-elle en pressant nerveusement le bouton de la sonnette.

Non, cela ne l'aidait pas. Lorsque Noah ouvrit la porte, Emma sentit son cœur s'arrêter, puis repartir à un rythme saccadé. Aussi peu souriant qu'à son habitude, Noah s'effaça pour la laisser entrer.

— Vous travaillez toujours aussi tard ?

— Je suis passée chez moi pour me rafraîchir.

Mauvaise réponse. Il allait s'imaginer qu'elle se mettait en frais pour lui !

— Vous savez ce que c'est, ajouta-t-elle, volubile, le stress de la journée, la course entre les rendez-vous, l'atmosphère enfumée qu'il y a dans les bureaux...

Sans répondre, Noah la guida le long du couloir qui menait à la bibliothèque. Mentalement, Emma lui adressa une prière de remerciements : il ne s'était pas dirigé directement vers la chambre à coucher !

— Asseyez-vous.

D'un geste, il lui désigna l'une des deux bergères tournées vers l'âtre.

— Que puis-je vous apporter à boire ?

— Rien, merci.

Sans la quitter du regard, il s'assit en face d'elle. En cet instant, elle eût tout donné pour savoir ce qu'il pensait.

— Vous avez l'air tendue, dit-il après un interminable silence qu'Emma n'avait osé troubler.

— Sans doute l'idée de... passer la nuit avec quelqu'un que je connais à peine.

— Je suis tout de même votre mari.

— Eh bien, vous êtes le premier, riposta-t-elle, acide.

Noah la scruta de plus belle, avant de hausser un sourcil interrogateur.

— Le premier... mari, n'est-ce pas ? Vous n'êtes pas...

Il s'interrompit, une expression alarmée sur le visage.

— Répondez-moi franchement, Emma. Combien d'hommes avez-vous connus ?

A ces mots, Emma sentit ses joues s'empourprer. S'il s'imaginait qu'elle allait le laisser prendre ce ton supérieur, il faisait fausse route !

— Si vous vous comportez correctement, en vous comptant, cela fera un.

— Il n'y a eu personne avant moi ?

— Pas eu le temps.

— Ne me dites pas que vous êtes vierge !

— Ce n'est pas un crime.

— Mais vous m'avez menti !

— Moi ? sursauta Emma, piquée au vif par cette accusation.

— Parfaitement. Vous m'avez délibérément laissé croire que vous aviez déjà...

— Taisez-vous ! explosa Emma en se levant d'un bond.

Ramassant son sac, elle se dirigea vers la porte d'un pas martial. Elle refusait d'en entendre plus !

— Je rentre chez moi, l'informa-t-elle, avant de s'engouffrer dans le couloir qui menait au hall d'entrée.

Mais, une fois de l'autre côté du couloir, elle sentit que sa colère était retombée aussi vite qu'elle s'était déclarée. Elle stoppa net devant la haute porte, indécise. Ne s'était-elle pas emportée un peu vite ? Mal à l'aise, elle pivota sur elle-même, pour apercevoir Noah dans une attitude nonchalante devant la porte de la bibliothèque, l'observant avec une curiosité amusée.

Qu'elle détestait cet air de supériorité qui émanait de lui ! Mais il fallait se rendre à la raison. Elle avait un engagement à honorer, et sa fierté lui commandait de ne pas décevoir l'homme qui la toisait, de l'autre côté du couloir.

Cet homme qui était son époux, songea-t-elle, non sans un pincement au cœur.

— Pardonnez-moi, marmonna-t-elle de mauvaise grâce. La journée a été difficile.

Une expression toujours indéchiffrable sur son beau visage grave, Noah continua de la dévisager en silence. Puis elle le vit s'approcher d'elle d'un pas tranquille, en homme dont rien ne peut troubler la sérénité.

— C'est moi qui vous présente mes excuses, dit-il alors, à la stupeur d'Emma.

Interdite, celle-ci leva les yeux vers lui... et les détourna aussi vivement, soudain gênée. Noah se tenait si proche d'elle qu'elle pouvait sentir son souffle sur ses joues, et le léger parfum de son eau de toilette. Une senteur discrète mais virile, qui fit monter en elle un léger vertige.

— Vous êtes terrorisée, et c'est bien compréhensible. Je n'avais pas l'intention de vous blesser.

Il était donc capable d'une telle sensibilité ? En quelques mots, il venait de dévoiler tout un pan de sa personnalité qu'elle n'avait jamais soupçonné en lui, et qui le lui rendait soudain infiniment plus sympathique...

— Merci, dit-elle, toute colère évanouie. Je crois que je devrais...

D'un regard, elle désigna l'escalier qui menait vers les chambres, qu'elle savait situées à l'étage.

— Je vous accompagne, déclara Noah en s'emparant de son sac de voyage.

Et, joignant le geste à la parole, il la prit par le coude pour la guider vers le palier supérieur. Il lui désigna ensuite l'entrée de sa chambre à coucher, dont il ne franchit pas la porte.

— J'ai quelques coups de téléphone à passer, dit-il. A tout à l'heure.

Emma n'était pas dupe mais elle acquiesça sans un mot. Avec une délicatesse qu'elle n'eût pas attendue de lui, il venait de lui faire comprendre qu'il n'avait pas la moindre intention de la brusquer. Et à sa propre surprise, elle s'aperçut qu'elle se sentait soudain moins oppressée.

Profitant du répit que lui offrait Noah, elle prit son sac et se dirigea vers la salle de bains qui donnait sur la chambre. Puis, après une toilette de chat, elle revint dans la chambre, vêtue d'une longue chemise de nuit de coton blanc.

A peine s'était-elle couchée qu'elle entendit des pas dans l'escalier. Déjà ? gémit-elle intérieurement, soudain prise de panique. En hâte, elle s'allongea et ferma les yeux. Quelques secondes plus tard, elle entendit Noah entrer dans la chambre, puis se diriger vers le cabinet de toilette.

Rouvrant les paupières, Emma écouta le bruit de la douche. Puis elle comprit que Noah allait bientôt la rejoindre. Elle s'apprêtait à fermer de nouveau les yeux lorsqu'elle se ressaisit. Faire semblant de dormir ? C'était parfaitement ridicule. Et indigne d'elle. Noah n'avait jamais failli à ses engagements, elle devait à présent se montrer à la hauteur.

Elle garda donc bravement les yeux ouverts dans la pénombre de la chambre à peine éclairée d'une lampe de chevet, sans toutefois oser regarder franchement l'homme qui la rejoignait dans le lit.

Pour l'instant, s'encouragea-t-elle, tout se passait bien.

Puis elle entendit Noah l'appeler, et sentit de nouveau l'angoisse lui nouer la gorge.

— Viens ici, murmura-t-il avec une douceur inattendue.

Sans attendre sa réponse, il referma les bras autour d'elle pour l'approcher de lui. Emma posa la tête sur son épaule et attendit, muette de frayeur. Qu'allait-il se passer à présent ?

Pour ce qu'elle pouvait en deviner, Noah était aussi nu qu'Adam — une idée qui à elle seule suffisait à lui faire perdre le peu d'assurance qu'il lui restait. Emma déglutit péniblement tout en s'efforçant de réprimer les battements forcenés de son cœur.

L'instant de vérité était venu, songea-t-elle, les nerfs tendus à se rompre. D'ailleurs, sans doute Noah était-il aussi pressé qu'elle d'en finir avec ce mauvais moment.

— La semaine dernière s'est bien passée ? l'entendit-elle alors demander.

Emma contint un mouvement de surprise. Il voulait discuter ? Dans un moment pareil ?

— Je... plus ou moins, répondit-elle, l'esprit soudain vide.

— Pas de coups de fil ?

— Si, toute la journée. J'ai un planning complètement...

Puis elle s'interrompit en comprenant qu'il parlait de sa mère.

— Oh, chez moi ? Non, pas un seul.

Elle marqua une pause avant d'ajouter :

— Un vrai bonheur ! Et v... et toi ?

— La routine. Plusieurs déplacements à l'étranger

malgré les grèves des compagnies aériennes, des conférences vidéo à des heures impossibles, les sous-traitants qui ne tiennent pas les délais... rien de nouveau.

Levant les yeux vers lui, Emma vit un fin sourire se dessiner sur ses lèvres, et elle sourit en retour. Puis elle sentit qu'il posait sa main sur son bras, et son sourire se figea.

Cette fois-ci, plus d'échappatoire !

— Je peux t'embrasser sans que tu t'évanouisses ? l'entendit-elle demander avec une inflexion tendrement moqueuse.

— Oui, répondit-elle dans un souffle.

De sa main, Noah effleura doucement sa joue.

— J'ai bien compris que tu aimerais en finir au plus vite avec tout ceci mais crois-moi, ce n'est pas la meilleure façon de procéder.

Muette d'angoisse, Emma acquiesça d'un hochement de tête.

— Tu me fais confiance ?

De nouveau, elle hocha la tête. Alors elle vit Noah s'approcher lentement d'elle pour chercher ses lèvres.

— Tout va bien se passer, murmura-t-il, tout contre sa bouche.

Elle sentit la tendre pression de ses lèvres sur les siennes, mais Noah s'écarta d'elle aussitôt pour plonger son regard dans le sien, plus grave que jamais. Dans les profondeurs de ses yeux gris, Emma discerna une lueur de tendresse inédite. Il craignait de la brusquer, comprit-elle alors.

A cette idée, elle sentit monter en elle une vague d'émotions mêlées. Gratitude envers lui, qui se montrait si patient et délicat. Impatience soudaine de sentir ses bras se refermer sur elle. Peur de ne pas se montrer à la hauteur des attentes d'un homme aussi exigeant qu'il devait l'être.

Mais par-dessus tout, un fantastique soulagement. Le

Noah qui s'apprêtait à la faire sienne était infiniment plus tendre et plus séduisant que l'arrogant Peverell qu'elle avait épousé sur un coup de tête.

Levant les yeux vers lui, elle chuchota :

— C'est... agréable.

Elle fut récompensée par un large sourire, puis par un nouveau baiser, tout aussi tendre, mais plus appuyé. Noah avait posé sa main sur son épaule, qu'il caressa lentement, avant de descendre le long de son bras.

Sans doute attendait-il un geste d'encouragement de sa part ? Luttant contre sa timidité, Emma posa une main sur l'épaule de Noah... et se figea, comme traversée par une décharge électrique, au contact de sa peau nue. Puis, galvanisée par sa propre audace, elle approcha ses lèvres de celles de Noah pour l'embrasser en retour.

Il répondit à son baiser avec une soudaine ardeur, éveillant en elle une impatience nouvelle. Emma réprima un frisson de surprise et de plaisir mêlés. Noah était le meilleur guide qu'elle eût pu rêver pour sa première nuit d'amour. Viril mais attentif et patient, il savait faire céder ses barrages les uns après les autres, sans jamais se montrer brutal ou irrespectueux.

Si bien que, sous ses tendres assauts, elle sentit bientôt ses craintes fondre comme neige au soleil... et se révéler en elle une Emma plus sûre d'elle-même, plus audacieuse.

Plus femme.

Lorsqu'il roula sur elle pour enfouir son visage dans son cou, elle le serra contre elle avec passion, avide soudain de sentir ses mains sur son corps. Mais lorsqu'elle perçut le contact de ses doigts sur ses seins, elle écarta la main de son compagnon, dans un geste instinctif.

— Pardon, s'écria-t-elle aussitôt, désolée de sa réaction.

— Chut, murmura-t-il très doucement.

Elle se réfugia alors dans ses bras, telle une enfant

désireuse de se faire consoler et pardonner. Mais bientôt la femme s'éveilla de nouveau en elle, et c'est avec un frémissement de plaisir qu'elle accueillit la seconde tentative de Noah.

Immobile, elle sentit sa main glisser doucement sur sa peau, cherchant la rondeur de son sein. Elle retint son souffle sous la suavité de cette caresse, chavirée par les sensations inédites qui la traversaient.

— Tu as le droit de respirer, l'informa Noah avec son flegme coutumier.

Dans un long soupir tissé d'impatience et de volupté, Emma se tendit vers son compagnon, soudain avide de ses caresses.

— Oh ! gémit-elle doucement.

Alors, elle sentit les mains de Noah se refermer sur sa chemise de nuit.

— On essaie de l'enlever ? proposa-t-il.

Dans sa voix aussi grave que d'ordinaire, elle crut distinguer une nuance fébrile. Repoussant l'aide qu'il lui proposait, elle s'assit pour ôter elle-même sa virginale chemise de coton blanc. Elle ne se sentait pas encore prête à laisser un homme la dévêtir, fût-il son légitime époux.

Troublée par la sensation inhabituelle des draps à même sa peau nue, elle s'allongea de nouveau, pour se sentir aussitôt happée entre les bras de Noah. Dans un réflexe, elle se serra contre lui.

Elle était sa femme... ou du moins, elle le serait très bientôt, et cette pensée suffisait à la combler de joie. Car elle venait de comprendre que cette union était juste. Que cet homme était le seul qu'elle pourrait jamais aimer.

Bouleversée par cette découverte, elle s'abîma dans la passion qui les entraînait, s'abandonnant avec impudeur aux caresses et aux baisers de plus en plus brûlants qu'il lui prodiguait... jusqu'à ce qu'il glisse ses mains sur ses reins pour la plaquer contre lui.

Au contact de son corps à la virilité triomphante, elle sentit une peur panique la gagner.

— Non ! s'écria-t-elle alors en le repoussant de toutes ses forces.

Elle ne pouvait pas. Elle n'était pas prête.

— Emma, murmura-t-il en roulant sur le côté, manifestement désolé.

Avec d'infinies précautions, il prit sa main pour la porter à ses lèvres, et se contenta de l'observer avec acuité. Confuse, Emma s'assit en maintenant pudiquement le drap contre sa poitrine.

— Je ne peux pas, avoua-t-elle d'un ton désolé.

Elle ferma les yeux, prête à entendre le sermon que Noah n'allait pas manquer de lui servir à propos du respect de ses engagements. Puis elle les rouvrit, étonnée par le silence de son compagnon. A sa totale stupéfaction, elle le vit sourire.

Il souriait ? Alors qu'il aurait dû être dans une fureur noire ?

— Il est un peu tard pour commencer un Monopoly, mais si tu veux, je peux te préparer une tasse de thé, l'entendit-elle alors proposer.

Emma le regarda, interdite, avant d'éclater de rire.

— Oh, Noah ! s'écria-t-elle, le cœur soudain léger.

Subitement, la perspective de se donner à lui ne lui semblait plus aussi effrayante. Elle lui apparaissait au contraire d'une évidence parfaite.

Car elle aimait Noah.

Bouleversée par cette découverte, Emma ferma les yeux. Tout au fond d'elle, elle sentait poindre un sentiment nouveau, fait de tendresse et de désir — un sentiment que jamais elle n'avait éprouvé.

Oui, elle aimait Noah. Et elle voulait être sienne, pleinement, totalement.

— Est-ce que... nous pouvons essayer encore ?

— Sûre ? demanda-t-il d'une voix soudain voilée par le désir.

Pour toute réponse, elle se contenta de l'enlacer pour l'attirer à elle. Bientôt, elle serait enfin femme.

6.

Cette nuit-là, Emma demeura immobile aux côtés de Noah de longues heures durant, incapable de trouver le sommeil. Avec délices, elle revécut les moments de douce folie qu'elle venait de partager avec lui.

Comment avait-elle pu envisager de rentrer chez elle une fois son obligation accomplie ? se demanda-t-elle avec étonnement. A présent, la seule perspective de quitter Noah au petit matin lui était insupportable.

C'était donc cela, l'amour — cette surprise divine de reconnaître en l'autre celui qu'on attendait depuis toujours ? Emma sourit dans la pénombre de la chambre. Dire que pas un instant elle n'avait envisagé cette possibilité !

Mais elle ne pouvait plus le nier. Elle aimait Noah, plus que personne au monde. A présent elle s'expliquait pourquoi il lui avait paru si naturel de l'épouser, en dépit de l'étrangeté de leur contrat !

Peut-être avait-elle perçu, avec cette fameuse intuition féminine qu'elle commençait de découvrir en elle, qu'il serait le seul à savoir lui ouvrir les portes de l'amour sans jamais la forcer. Qu'il serait le seul à qui elle pourrait dire « oui » aveuglément. Qu'il était l'homme de sa vie, et qu'elle voulait être sa femme.

Pour toujours.

Emma sentit une larme brûler ses paupières, mais la

refoula bravement. Le temps des larmes n'était pas encore venu. Plus tard, se dit-elle, lorsque tout serait consommé, elle aurait tout le loisir de pleurer. Pour l'instant, la nuit n'était pas encore finie — il fallait profiter de chaque seconde de ces instants merveilleux auprès de Noah.

Demain, elle le quitterait définitivement, puisque selon toute probabilité elle n'aurait plus besoin du moindre contact physique avec lui.

Demain.

Mais pour l'instant elle voulait enregistrer dans sa mémoire le moindre souvenir, le plus infime moment de cette nuit magique. Jamais elle n'oublierait la patience avec laquelle Noah l'avait apprivoisée, sa douceur au moment de faire céder l'ultime barrière qui les séparait, et puis sa fougue, qu'il avait contrôlée au prix d'un violent effort afin de ne pas la blesser.

Emma tourna la tête pour consulter le réveil. Bientôt 5 heures du matin. Elle aurait dû se lever, profiter du sommeil de Noah pour quitter discrètement sa maison et rentrer chez elle, mais elle n'en trouvait pas le courage. Cette nuit, ils avaient été aussi proches l'un de l'autre qu'un homme et une femme pouvaient l'être.

Pour la première et la dernière fois.

Elle était toujours étendue, immobile dans l'obscurité, lorsqu'elle entendit Noah se lever. L'espace d'un instant, elle se reprocha de n'avoir pas eu le courage de partir. Peut-être Noah avait-il espéré ne plus la trouver auprès de lui à son réveil ?

Puis elle se souvint des mots tendres qu'il lui avait murmurés après l'amour, et elle repoussa cette idée. Pas une seconde il n'avait manifesté d'impatience à la voir partir, bien au contraire. Tout en la serrant contre sa poitrine, il avait écarté ses cheveux de son visage dans un geste doux pour l'embrasser avec une ferveur inattendue.

En cet instant, elle avait senti son cœur se gonfler d'amour pour lui, mais elle avait ravalé les paroles qui lui brûlaient les lèvres. S'éprendre de lui ne faisait pas partie de leur contrat. Alors elle s'était lovée contre lui en refoulant ses larmes, et avait fermé les yeux pour oublier la réalité.

Dans le silence de la nuit, elle avait écouté les battements de cœur de son compagnon s'apaiser lentement, et son souffle puissant se faire lent et régulier. Il dormait, avait-elle compris, attendrie. Alors, profitant de ce répit qu'il lui offrait, elle était demeurée dans le refuge de ses bras le plus longtemps possible.

Puis il avait roulé sur le dos, et, de crainte de l'éveiller, elle s'était tenue à l'écart de lui, immobile et silencieuse.

Le bruit de la douche provenant de la salle de bains ramena Emma à la réalité. Etait-il aussi matinal tous les jours ? Peut-être avait-il un avion à prendre, ou une réunion loin de Londres, supposa-t-elle en refoulant une vague de tristesse.

Jamais elle ne partagerait avec lui les petites choses du quotidien, comme le faisaient les autres couples.

Car jamais ils ne seraient un véritable couple.

Quelques instants plus tard, entendant Noah sortir de la salle de bains, elle ferma les yeux. Elle l'écouta traverser la chambre à pas de loup, ouvrir une armoire pour en sortir des vêtements, puis quitter la pièce tout aussi discrètement. Lorsque Emma rouvrit les yeux, elle était seule.

Elle perçut un bruit de pas dans l'escalier puis, quelques minutes plus tard, celui de la sonnette d'entrée. Au discret remue-ménage qui montait du rez-de-chaussée, puis au claquement feutré de la porte d'entrée par laquelle parvenait le ronronnement d'un moteur, elle comprit qu'un chauffeur était venu chercher Noah.

Mais une fois le silence retombé sur la vaste demeure,

Emma regretta de ne pas s'être manifestée. Si elle n'avait pas feint de dormir, elle aurait pu le voir, lui parler... et qui sait, peut-être l'embrasser une dernière fois ?

A présent, il était trop tard, songea-t-elle en se levant. Mue par le faible espoir de trouver un mot de Noah, elle s'habilla rapidement pour descendre dans la cuisine. Bien sûr, Noah n'avait rien laissé. Pourquoi l'aurait-il fait ? se reprocha-t-elle en claquant derrière elle la porte de la maison.

L'amour, se dit-elle durant le trajet qui la menait à son travail, était une joie et une souffrance tout à la fois. Une joie car elle se sentait plus femme, plus vivante que jamais. Une souffrance car jamais son amour ne serait payé de retour.

Noah avait d'autres soucis que de s'amouracher d'elle. Lui au moins ne confondait pas les affaires et les sentiments. Emma soupira, philosophe : avec un peu d'espoir, peut-être Noah et elle resteraient-ils bons amis après le divorce ?

— Un appel pour vous, annonça la standardiste vers la fin de la matinée. D'Allemagne.

Emma acquiesça, intriguée. Elle n'avait pourtant pas de client allemand ? songea-t-elle en saisissant son bloc-notes dans un réflexe professionnel.

— Oui ? répondit-elle de sa voix la plus sérieuse, avant de manquer de lâcher le combiné sous l'effet de la surprise.

— Noah, venait d'annoncer l'objet de ses pensées.

Comprimant les battements désordonnés de son cœur, Emma ferma les yeux pour mieux savourer le bonheur d'entendre la voix de Noah.

— Je voulais seulement m'assurer, poursuivit celui-ci, que tu allais bien.

Tant qu'il se préoccuperait ainsi d'elle, elle serait la plus heureuse des femmes ! eut-elle envie de s'écrier.

— Je... oui. Très bien, bafouilla-t-elle, ridiculement émue.

— On dirait que je n'ai pas choisi le meilleur moment pour t'appeler ?

— Non, non... Je veux dire, si. Tu ne me déranges pas.

Maudissant la confusion qui régnait dans son esprit depuis qu'elle avait reconnu Noah, Emma chercha frénétiquement une idée pour alimenter la conversation.

— Tout va bien ? demanda-t-il avec une inflexion inquiète.

Follement, merveilleusement, fabuleusement bien !

— Comme d'habitude.

Une chance que Noah ne puisse la voir, se félicita-t-elle en s'efforçant de réprimer l'expression béate qu'elle devait arborer en cet instant. Qu'aurait-il pensé d'elle en la voyant, avec ce sourire idiot aux lèvres ?

— Parfait.

Dans sa voix, elle crut discerner un sourire. Etait-il heureux de lui parler ?

— Dans ce cas, poursuivit-il, je vais pouvoir retourner au travail.

— Alors au revoir, répondit Emma.

Et elle raccrocha le téléphone telle une automate, avant de laisser échapper un gémissement de contrariété. Quelle sotte ! Pourquoi avoir ainsi interrompu leur conversation aussi rapidement ? Si elle avait fait preuve d'un peu plus d'esprit, elle aurait pu prolonger leur échange, pour le seul plaisir d'entendre la voix de Noah !

L'amour rendait-il toutes les femmes aussi maladroites ?

Puis elle songea que Noah avait trouvé du temps pour elle dans son emploi du temps surchargé, et aussitôt, sa mauvaise humeur s'envola. Il s'inquiétait pour elle, après la grande première de cette nuit si particulière. N'était-il pas tout simplement adorable ?

— Tu en fais une tête, s'exclama Carol, une de ses

collègues, en entrant dans son bureau. Tu viens de gagner au loto ?

— Mieux que ça, répondit Emma sans réfléchir. Je viens de parler à mon mari.

— Tu es mariée ? s'écria Carol d'une voix stridente.

Une heure plus tard, le personnel de Colman et Fisher au grand complet était au courant du nouvel état civil d'Emma. Et à la fermeture des bureaux, celle-ci fut emmenée en triomphe au pub situé de l'autre côté de la rue pour y célébrer dignement l'événement.

9 heures du soir avaient sonné depuis longtemps lorsqu'elle poussa finalement la porte de son appartement, recrue de fatigue.

D'un regard las, elle consulta son répondeur. Un message, lut-elle, le cœur battant soudain la chamade.

— Ma chérie ? résonna la voix de sa mère dans l'appartement, anéantissant douloureusement le soudain espoir d'Emma. Rappelle-moi immédiatement, c'est une urgence.

Oubliant aussitôt sa fatigue, Emma composa le numéro de ses parents. Pour que Kaye semble aussi inquiète, il fallait que l'affaire soit grave. Son père ? songea la jeune femme, se reprochant déjà d'avoir négligé sa famille depuis son mariage.

— Enfin, s'exclama sa mère en reconnaissant sa voix. J'ai essayé de t'appeler hier soir mais tu n'étais pas là.

— Je... Nous étions chez Noah.

— Un soir chez lui, un soir chez toi ? demanda Kaye d'un ton réprobateur. Il me semble que pour un jeune couple, un seul foyer serait plus indiqué.

— Noah est en Allemagne, expliqua Emma, peu disposée à entendre un sermon sur les charmes de la vie commune.

— Ma pauvre chérie, compatit sa mère, changeant aussitôt de ton. Tu dois te sentir bien seule !

Plus qu'elle ne le croyait, mais cela, elle ne pouvait pas l'avouer.

— Enfin, déclara sa mère dans un soupir, ce n'est pas pour cela que je voulais te joindre. Je voulais te rappeler que le mariage de ton cousin Rory a lieu dans trois semaines. Tu t'en souviens ?

— Bien sûr, mentit Emma.

— J'espère que Noah sera avec toi ?

— Tu sais, marmonna-t-elle, soudain évasive, il est débordé de travail en ce moment, et je ne suis pas sûre que...

— Il ne travaille pas le samedi, tout de même ?

Emma retint une exclamation ironique. Que s'imaginait sa mère ? Qu'on faisait tourner une entreprise d'envergure internationale comme la Samara en se prélassant tous les week-ends au bord d'une piscine ?

— Ecoute, proposa-t-elle avec toute la diplomatie dont elle était capable, je vais lui en parler, mais je ne te promets rien.

Lorsqu'elle put enfin aller se coucher, Emma songea que l'amour l'avait décidément bien changée. Autrefois, l'appel de sa mère l'aurait contrariée au plus haut point. Ce soir, rien ne semblait pouvoir l'atteindre. Son cœur et son esprit étaient entièrement absorbés par Noah.

Plusieurs fois cette semaine-là, Emma emmena des clients déjeuner au Montgomery dans l'espoir de l'y croiser, mais en vain. Aucun beau ténébreux au physique d'athlète et aux yeux gris ne franchit la porte du restaurant.

De plus, Emma ne prêta ces jours-là qu'une attention distraite à ses clients, ce qui faillit lui faire perdre un important marché. Il était temps de se reprendre en main !

Aussi prit-elle la ferme décision d'oublier jusqu'à l'existence du Montgomery, et de réserver l'exclusivité de son attention à son travail. Après tout, l'unique raison de son mariage était de se ménager du calme en vue de la promotion qu'elle briguait... mais depuis quelque temps, elle devait reconnaître que ses performances professionnelles brillaient surtout par leur médiocrité.

Le vendredi, elle quitta son bureau en début d'après-midi pour se rendre chez un client, à un petit quart d'heure de marche à pied. Il faisait beau, elle était en avance. Pourquoi ne pas marcher jusqu'à son rendez-vous ? Outre qu'un peu d'exercice lui ferait le plus grand bien, cette petite balade lui permettrait de rassembler ses idées en vue du nouveau dossier dont elle allait prendre connaissance.

Bien sûr elle n'était pas obligée de passer devant le Montgomery mais, dans le seul but de se prouver qu'elle était parfaitement capable de croiser Noah sans souffrir de son indifférence s'il ne la voyait pas, elle opta pour le trajet qui longeait le restaurant. C'était bien simple, elle ne poserait pas même les yeux sur la façade de l'établissement.

A l'approche du Montgomery, Emma redressa les épaules et regarda droit devant elle. Elle ne flancherait pas. D'ailleurs, à cette heure-ci, Noah devait se trouver en Europe, peut-être même aux Etats-Unis, présidant quelque rencontre stratégique, ou bien animant une conférence...

— Emma !

Noah ? Réprimant un sursaut en le reconnaissant, Emma se tourna vers lui. Il se trouvait sur le trottoir opposé, s'apprêtant à monter dans un taxi. Tout en lissant sa veste d'un geste nerveux, elle se dirigea vers lui.

Noah fit signe au taxi de repartir, avant de s'approcher d'elle.

— Comment vas-tu ? s'enquit-il, le sourire aux lèvres.

— Très bien.

— Pas de nausées ?

Quelle drôle de question ! faillit s'exclamer Emma, avant de comprendre le propos de Noah.

— N... Non, bafouilla-t-elle, les joues soudain brûlantes.

Comment avait-elle pu oublier ? Dans l'euphorie de sa passion pour Noah, pas un instant elle n'avait songé au véritable but de leur union. Lui donner un fils.

Inquiète, elle leva les yeux vers lui, s'attendant à le voir furieux d'apprendre qu'elle n'était probablement pas enceinte de lui. Mais à sa surprise, elle vit un sourire amusé se dessiner sur les lèvres de Noah.

— Tu sais ce que cela veut dire ?

— Bien sûr ! s'indigna-t-elle. Ne t'inquiète pas, je te tiendrai au courant.

Mentalement, elle se promit d'acheter le soir même un test de grossesse.

— Au fait, ajouta-t-elle, pressée de changer de sujet, ma mère m'a appelée cette semaine pour me rappeler le mariage d'un de mes cousins, dans quinze jours. Elle insiste pour que tu sois présent. J'ai bien essayé de la décourager, mais tu la connais...

Un nouveau sourire illumina le visage de Noah, assorti d'un clin d'œil complice.

— Je crains que nous n'ayons du mal à échapper à belle-maman, renchérit-il. Rassure-la, je serai présent.

— Je ne voudrais pas que tu te sentes obligé !

— Je serai ravi de t'accompagner.

Oh, Noah ! Savait-il qu'avec ces quelques mots, il la comblait de bonheur ? Craignant qu'il ne lise dans son regard la passion qui vibrait en elle, Emma adopta un ton détaché pour proposer :

— Je quitterai Londres vers 11 heures. Je passe te prendre sur le chemin ?

— Belle-maman ne me pardonnerait jamais de te laisser jouer les chauffeurs. C'est moi qui viendrai te chercher. 10 h 30 chez toi.

Sans un mot, Emma hocha la tête.

— Parfait. Alors à bientôt.

Et sur ces mots, il se pencha vers elle pour déposer un baiser sur sa joue, avant de se détourner pour héler un taxi qui remontait la rue.

Emma lui adressa un petit signe de la main avant de poursuivre son chemin, le cœur battant la chamade. Il l'avait embrassée !

En arrivant au but de sa promenade quelques minutes plus tard, la joue encore brûlante du baiser de Noah, elle avait presque oublié l'objet de son rendez-vous.

Quelques jours plus tard, il fallut se rendre à l'évidence. Elle n'était pas enceinte de Noah. Elle avait failli à son engagement.

Déçue, elle ne trouva pas le courage de lui avouer son échec.

Les jours passèrent dans une mauvaise humeur croissante, jusqu'au samedi, date du mariage de Rory.

La journée se déroula comme dans un rêve mais ce soir-là, lorsque Noah gara sa Jaguar devant l'immeuble d'Emma, la jeune femme dut pourtant se décider à aborder le sujet qu'elle avait évité avec soin depuis le matin.

— Est-ce que... tu serais libre mercredi soir ? demanda-t-elle d'une voix étranglée par la confusion. J'aurais besoin de... passer du temps avec toi.

Noah la dévisagea sans répondre. S'il lui demandait pourquoi, elle allait mourir de honte. Mais il avait dû comprendre son propos car il se contenta d'acquiescer, sans poser de question.

— A ta disposition, répondit-il d'un ton neutre.

Il devait être furieux contre elle de ne pas avoir encore conçu le fils qu'il attendait tant ! se désola la jeune femme intérieurement.

— Je peux passer chez toi en sortant du travail, proposa-t-elle, malheureuse.

— Comme tu voudras.

Cette fois-ci, il ne l'invita pas à partager son dîner. Non pas, bien sûr, qu'elle l'ait espéré, mais...

Emma refoula un soupir de découragement. Toute la journée, Noah s'était montré le plus adorable des époux, mais elle devait se rendre à l'évidence. La comédie était finie. Et il n'entrait pas dans leur contrat qu'il se montre attentif ou chaleureux en dehors de leurs « représentations publiques ».

— Eh bien, à mercredi, dit-elle, la mort dans l'âme, avant de descendre de voiture.

7.

Emma retrouva avec soulagement son travail le lundi matin, après un dimanche solitaire et déprimant. Pas un seul appel, même de sa mère ! Cela était somme toute assez logique puisqu'elle était toute jeune mariée — mais elle n'avait que faire de la logique.

Emma soupira tristement. Après avoir eu recours aux méthodes les plus expéditives pour tenir Kaye à distance et faire taire la sonnerie de son téléphone, voilà qu'elle regrettait les appels dont celle-ci l'assaillait autrefois...

Pour être honnête, c'était plutôt Noah qu'elle aurait aimé entendre au bout du fil. Mais celui-ci n'avait aucune raison de l'appeler, surtout après leur séparation glaciale samedi soir.

Par chance, la journée de lundi fut particulièrement chargée, interdisant à Emma toute rêverie malvenue. Le mardi en fin d'après-midi, elle reçut un appel de la standardiste.

— Votre mari, annonça celle-ci avec une nuance de respect dans la voix. Depuis le Brésil.

Noah se trouvait en Amérique du Sud ? Première nouvelle ! Rassemblant tout son sang-froid, Emma prit la communication.

— Emma ? dit Noah de sa voix si agréablement modulée. Je voulais te prévenir que je risquais d'être retenu ici plus longtemps que prévu.

Une douche glacée n'aurait pas pu la saisir plus douloureusement que cette mauvaise nouvelle. Mais, craignant que la standardiste ne les entende et refusant de trahir sa faiblesse devant Noah, elle contint le petit gémissement de déception qui montait de sa gorge.

— Donc, répondit-elle avec tout le détachement possible, tu ne seras pas là mercredi comme prévu ?

— Non, je pense rentrer jeudi matin très tôt.

— Très bien...

Il était temps de lui dire au revoir, mais Emma ne pouvait se résoudre à se séparer si rapidement de lui. Tant pis pour la fierté !

— Alors à jeudi ? poursuivit-elle avec une inflexion plus chaleureuse — au seul cas bien sûr où leur conversation aurait été entendue.

Mais à sa surprise, Noah n'en avait pas terminé avec leur conversation.

— Je n'ai pas pris ma clé, l'informa-t-il.

Où voulait-il en venir ? Emma cherchait la réponse à cette énigme lorsqu'elle entendit Noah préciser, sans doute conscient lui aussi qu'ils pouvaient être épiés :

— Je ne voudrais pas te réveiller si j'arrive à la maison à 4 heures du matin. Si tu peux laisser un double à la réception, je vais demander à mon chauffeur de passer le prendre à ton travail.

Emma sentit son cœur s'emballer. Noah était en train de lui demander s'il pouvait passer chez elle dans la nuit de mercredi à jeudi ! Si elle avait pu faire abstraction de vingt-cinq ans de parfaite éducation, elle eût dansé de joie autour du bureau. Mais bien entendu, une jeune femme de bonne famille ne s'autorisait pas de telles manifestations d'enthousiasme.

— C'est comme si c'était fait, répondit-elle donc avec un calme parfait.

Et, pour l'assurer qu'elle avait compris son message, elle ajouta :

— Réveille-moi dès que tu arriveras.

— Promis, répondit Noah avec une inflexion chaleureuse.

A peine avait-elle raccroché le combiné qu'Emma fonça vers les lavabos pour rafraîchir son visage brûlant. Noah venait chez elle ! Il allait passer la nuit avec elle !

Mais progressivement, avec le calme, lui revint aussi la lucidité. Ce n'était pas elle que Noah venait voir, mais la femme dont il espérait un héritier dans les plus brefs délais. Et son insistance à maintenir malgré tout leur rendez-vous n'était à mettre que sur le compte de son refus de perdre quatre précieuses semaines avant la prochaine période favorable.

Ce qui, songea-t-elle le mercredi suivant en faisant les cent pas dans son appartement, ne l'aidait pas à se sentir particulièrement désirée... Mais de quoi se plaignait-elle ? Noah s'était montré on ne peut plus clair sur ce point : il ne voulait pas d'engagement affectif. Et elle non plus.

Du moins, pas jusqu'à ce qu'elle s'éprenne si sottement de lui.

En fait, elle n'avait strictement rien à lui reprocher. Il avait rempli son contrat avec une bonne volonté désarmante, poussant le professionnalisme jusqu'à venir au mariage de Rory pour quelques heures de figuration. Elle n'aurait pu rêver associé plus fiable que lui.

Vers minuit, elle décida d'aller se coucher. Elle avait d'abord envisagé d'attendre l'arrivée de Noah, mais outre qu'une journée chargée l'attendait le lendemain, elle songea qu'il ne serait peut-être pas là avant 4 heures du matin.

Le plus sage était donc de prendre quelques heures de repos... si elle y parvenait.

Elle se coucha après une douche rapide et éteignit la lumière, avant de la rallumer aussitôt. Noah n'était jamais entré dans sa chambre, aussi était-il plus sûr de lui laisser un peu d'éclairage. D'ailleurs, si elle en jugeait à son extrême nervosité, elle n'était pas près de s'assoupir.

⁂

Emma s'éveilla en sursaut, consciente d'une présence dans la pièce. Ouvrant les yeux, elle reconnut Noah, debout devant le lit.

— Excuse-moi, murmura-t-il, je ne voulais pas te réveiller.

— De toute façon, je ne voulais pas dormir, répondit-elle en s'asseyant dans le lit. Est-ce que je peux te préparer quelque chose à boire ? A moins que tu n'aies faim ?

— Non merci, j'ai seulement besoin d'une bonne douche.

Tandis que Noah se rendait à la salle de bains, Emma lui fit une place dans le lit.

— Tu étais en voyage d'affaires ? demanda-t-elle en le voyant reparaître.

— Oui.

Il portait une robe de chambre, sous laquelle il semblait nu. Troublée, Emma détourna le regard.

— Et... tout s'est bien passé ? demanda-t-elle.

— A peu près.

Du coin de l'œil, Emma le vit ôter sa robe de chambre, puis se glisser dans le lit à ses côtés. Le lit était si étroit qu'elle ne pouvait pas éviter son contact.

— Tu as l'air fatigué, dit-elle. Est-ce que tu veux dormir un peu... avant ?

— Avant ? répéta Noah en l'attirant contre lui, un sourire aux lèvres. Certainement pas.

Il déposa un baiser sur ses cheveux avant d'ajouter :

— Toujours aussi nerveuse ?

— Un peu, avoua Emma.

— Ne t'inquiète pas. Il paraît que c'est toujours meilleur la deuxième fois.

Troublée, elle se lova contre lui. Sûr, elle avait rougi.

— C'est ce que je saurai bientôt, murmura-t-elle en baissant le visage.

— Serait-ce une invitation?

Sans attendre sa réponse, Noah se pencha vers elle pour cueillir sur ses lèvres un baiser très tendre. Comment avait-elle pu craindre cet instant? se demanda Emma, soudain chavirée de bonheur. Elle répondit à son baiser avec fièvre, jusqu'à ce qu'il s'écarte d'elle pour éteindre la lampe de chevet.

— Cette fois-ci, chuchota-t-il dans l'obscurité, je revendique le droit de te déshabiller.

Joignant le geste à la parole, il referma les doigts sur sa chemise de nuit.

Cette nuit-là, entre les bras de Noah, Emma atteignit des sommets de félicité inédits. Elle s'éveilla à l'aube, euphorique, encore brûlante de ses caresses. Paresseusement, elle s'étira en regardant la silhouette de son compagnon, encore endormi à ses côtés.

Elle si matinale d'habitude, voilà qu'elle n'éprouvait pas la moindre envie de s'arracher à la douceur du lit. Mais en temps normal, elle ne s'éveillait pas auprès d'un homme follement aimé...

Emma s'apprêtait à réveiller Noah lorsqu'elle se ravisa. Non seulement il devait être épuisé, mais elle craignait de se montrer maladroite. Comment se comportait-on avec un homme, après une nuit d'amour? Y avait-il un code de bonnes manières qu'elle ignorait?

Avec le jour, sa timidité naturelle reprenait le dessus, si bien qu'Emma décida de le laisser dormir.

Pourtant, tandis qu'elle préparait ses vêtements en silence, elle dut lutter contre une sourde envie de retourner s'étendre auprès de son compagnon. Pour la première fois de sa vie, elle n'éprouvait pas la moindre envie d'aller travailler.

Si elle avait eu le droit d'aimer Noah, songea-t-elle, rêveuse, elle lui aurait préparé un bon petit déjeuner, avant de revenir le réveiller d'un tendre baiser. Elle serait restée à la maison auprès de lui, toute à son bonheur de partager avec lui ces moments d'intimité complice.

Si elle avait eu le droit de l'aimer...

Le cœur serré, Emma acheva de s'habiller avant de se diriger vers la porte d'un pas résolu. Il était hors de question de flancher. Aussi passa-t-elle sa veste et prit-elle son sac à main avant de quitter l'appartement sans s'accorder le moindre regard en arrière.

Mais il lui avait fallu toute sa force de caractère pour refermer la porte sur elle et attaquer cette nouvelle journée comme si ce matin était un matin ordinaire. L'amour vous rendait si fragile !

Durant le week-end, elle reçut un appel de sa mère qui souhaitait les inviter à dîner.

— Mais, précisa cette dernière, rien ne presse. Les jeunes mariés ont toujours envie de rester seuls au monde. Ma pauvre chérie, Noah doit encore être à l'étranger puisque je te trouve chez toi.

Emma acquiesça, aussi évasive que possible, et à son grand soulagement sa mère interrompit rapidement son monologue, « au cas où Noah aurait essayé de la joindre ».

Le jeudi suivant, Emma déjeuna avec Lois, mais ce jour-là aussi, elle parvint à éluder les questions de son amie sur sa nouvelle vie de femme mariée. Et pour cause ! Lois, qui venait de rencontrer quelqu'un, brûlait d'impatience de confier à Emma le secret de ses amours naissantes.

Au moment du café, celle-ci n'ignorait plus rien de Hugh — sa passion pour le golf et les comédies musicales, le nom de son chien lorsqu'il avait dix ans ou son aversion pour la cuisine moderne.

Pas une seconde Emma ne se départit de son sourire mais, toute ravie qu'elle fût pour Lois, elle ne pouvait s'empêcher d'établir une comparaison avec sa propre situation. Contrairement à son amie, elle ne savait rien de l'homme qu'elle aimait.

Rien sinon qu'elle était folle de lui, et qu'elle devait

garder secret cet amour qui n'entrait pas dans leurs conventions.

La semaine suivante, son humeur maussade s'assombrit encore lorsqu'elle comprit que, cette fois-ci encore, elle ne portait pas l'enfant de Noah. Abattue par ce second échec, elle passa le week-end enfermée chez elle à ruminer sa déception.

Le dimanche soir, toutefois, elle trouva le courage d'appeler Noah pour lui annoncer la mauvaise nouvelle.

— Ce n'est pas arrivé, annonça-t-elle, gênée. Je ne suis pas enceinte.

A peine avait-elle prononcé ces quelques mots qu'elle sentit céder la digue de résolution derrière laquelle elle s'était abritée depuis plusieurs jours. La gorge nouée, elle perçut la brûlure d'irrépressibles larmes qui jaillissaient de ses paupières.

— Je... suis désolée, réussit-elle à articuler entre ses sanglots. Bien sûr, nous divorcerons si...

— Nous divorcerons quand je le déciderai ! tonna Noah sans écouter la fin de sa phrase. Et pas avant !

— Mais je...

— Tu m'as donné ta parole, l'interrompit-il de nouveau. Si tu t'imagines que tu vas me laisser tomber à présent que tu as eu ce que tu voulais, tu te trompes. Je n'ai pas l'intention de...

Ce qu'il avait ou non l'intention de faire, Emma ne voulait pas le savoir. Elle raccrocha brusquement le combiné, refusant d'en entendre plus. De quel droit se permettait-il de lui parler ainsi ?

Plus que le ton de Noah, ses soupçons la blessaient profondément. Pas une seconde elle n'avait envisagé de se soustraire à son engagement, mais le seul fait qu'il puisse l'en croire capable en disait long sur la confiance qu'il avait en elle.

Une fois sa colère passée, Emma sentit la tristesse l'envahir. Comme elle s'était fourvoyée en imaginant qu'un peu de complicité avait pu naître entre eux !

Durant les jours qui suivirent, cependant, elle parvint à chasser sa mauvaise humeur. Malgré elle, lui revenaient les images des bons moments, de ces instants magiques partagés avec Noah. Lorsqu'il oubliait d'être arrogant, il pouvait se montrer le compagnon le plus charmant qui soit. Et elle devait reconnaître que la chaleur de sa présence commençait à lui manquer.

Le jeudi soir, alors qu'elle sortait de table, elle entendit résonner l'Interphone.

— Noah, annonça celui-ci.

De surprise, elle faillit laisser tomber le dossier qu'elle s'apprêtait à étudier.

Noah ! Le cœur battant la chamade, elle posa le doigt sur le bouton qui commandait l'ouverture de la porte d'entrée de l'immeuble... avant de se raviser.

Avait-elle abdiqué toute fierté ? Et lui, s'imaginait-il qu'il lui suffisait de reparaître pour qu'elle oublie son attitude insultante ? Eh bien, il se trompait, et elle allait le lui faire savoir.

— Tu as oublié tes clés ? demanda-t-elle d'une voix volontairement glaciale.

— Non, mais je n'étais pas sûr d'être le bienvenu.

Emma réprima un sourire attendri.

— Tu ferais mieux de monter, dit-elle en actionnant l'ouverture de la porte.

Mue par un accès inattendu de coquetterie, elle fonça jusqu'à la salle de bains pour se donner un coup de brosse. Le temps qu'elle revienne dans l'entrée, le carillon résonnait déjà.

Elle ouvrit la porte, partagée entre le désir de lui montrer qu'elle ne se laisserait pas attendrir si aisément qu'il semblait le croire, et une folle envie de se jeter dans ses bras. Comme elle l'aimait ! songea-t-elle en voyant sa haute silhouette s'encadrer dans l'entrée.

Avec difficulté, elle s'arracha à la contemplation de son beau visage.

— J'espère que tu es de meilleure composition que l'autre jour, déclara-t-elle en raffermissant sa voix.

— J'ai parlé sans réfléchir, répondit-il.

Pas vraiment des excuses, mais de sa part, c'était sans doute ce qui s'en approchait le plus.

— Entre donc, l'invita Emma en s'effaçant pour le laisser passer. Veux-tu une tasse de café ?

— Non merci.

Il la précéda dans le séjour.

— Je n'en ai pas pour longtemps, reprit-il. Je...

— Tu as changé d'avis ? l'interrompit Emma dans un sursaut de fierté. Tu veux vraiment divorcer ?

— Non, répliqua-t-il avec fermeté. Pas encore. Pouvons-nous nous asseoir ?

Docilement, Emma prit place dans l'un des fauteuils qui faisait face au canapé.

— Ecoute, dit-elle, je n'ai jamais envisagé de ne pas tenir mes engagements. Mais comme j'ai déjà échoué deux fois, j'ai l'impression de ne pas être à la hauteur de la situation. Alors j'ai pensé que... tu voudrais peut-être trouver quelqu'un d'autre que moi.

Noah la regarda longuement de son profond regard gris, puis elle vit un sourire éclairer son visage, aussi soudain qu'inattendu. Emma sentit son cœur bondir dans sa poitrine. Tant qu'il la regarderait ainsi, elle l'aimerait de toute son âme. Malgré son arrogance et ses façons hautaines.

— Tu es trop nerveuse, dit-il très doucement. Mais oublions cet incident. Je venais te proposer de dîner chez mes parents samedi prochain. Ma sœur Sarah vient d'annoncer ses fiançailles, nous sommes réquisitionnés pour la soirée.

— Bien sûr. Je... Nous rentrons le soir même, bien entendu ?

Noah prit un air pincé.

— Je ne ronfle pas ! fit-il mine de s'insurger.

Le lendemain, Emma se rendit à son travail en chantonnant joyeusement. Depuis combien de temps ne s'était-elle pas sentie d'aussi belle humeur ? Et comme un bonheur n'arrivait jamais seul, à peine venait-elle d'arriver que Clive Warren, son chef de service, lui annonçait, le sourire aux lèvres, que le poste qu'elle briguait depuis plusieurs mois allait être à pourvoir à bref délai.

— L'annonce sera faite officiellement la semaine prochaine, précisa-t-il. Sache que si tu es intéressée, je ferai tout ce qui est en mon pouvoir pour appuyer ta candidature.

Le samedi matin, Emma s'éveilla rayonnante. Le poste tant espéré était enfin à sa portée, et elle passait la soirée avec l'homme qu'elle aimait. Que pouvait-elle demander de plus à la vie ?

Lorsque Noah sonna à l'Interphone en fin d'après-midi, elle était prête.

— Comment s'est passée la semaine ? demanda-t-elle une fois qu'ils furent sortis des embouteillages de la ville.

— A toute vitesse, comme d'habitude... et toi ? Cette promotion ?

Flattée et ravie qu'il se soucie de ce qui la préoccupait tant, Emma résuma sa situation.

— Clive me suggère de postuler, conclut-elle.

— Clive ?

— Clive Warren, mon chef de service.

— Alors le poste est pour toi, déclara Noah avec assurance.

— Comment le sais-tu ?

— Logique. Soit Warren veut se débarrasser de toi, ce qui me semble peu plausible étant donné tes états de service, soit il sait que tu mérites ce poste et préfère t'aider à l'obtenir plutôt que de te voir partir chez la concurrence.

Emma sourit, plus sensible qu'elle ne voulait le montrer au compliment implicite de Noah.

— Alors, qu'as-tu décidé ?

— Je compte présenter ma candidature, bien sûr. Mais je ne sais pas combien nous serons sur les rangs.

— Peu importe. C'est toi qui auras le poste.

Si elle avait osé, elle l'aurait embrassé ! songea Emma, touchée de la confiance que lui manifestait Noah.

Une fois de plus, elle fut accueillie avec chaleur par Ruth Peverell, aussi enjouée que d'habitude.

— Je vous ai préparé la chambre de Noah, déclara sa belle-mère.

Interloquée, Emma consulta Noah du regard, avant de comprendre que Ruth lui proposait tout simplement de se rafraîchir avant de passer à table.

— Je montre le chemin à Emma, déclara Noah en la prenant par le coude.

Emma commença à gravir l'escalier avec lui, mais à mi-hauteur, elle stoppa net. Ruth attendait peut-être de sa belle-fille qu'elle participe aux préparatifs du dîner ?

— Je ferais mieux d'aller aider ta mère, suggéra-t-elle en pivotant vers Noah.

— Tu m'étonneras toujours, dit celui-ci dans un sourire, sans toutefois lâcher son coude. Mais ne t'inquiète pas pour ma mère — la cuisine, c'est son domaine personnel. Non seulement elle est tout à fait capable d'organiser un dîner pour sept personnes, mais en plus elle pourrait se vexer si tu lui proposais ton aide.

— Dans ce cas...

Docilement, Emma se laissa guider jusque sur le palier.

— Par ici, indiqua son compagnon en désignant la chambre lumineuse qui avait été la sienne durant ses jeunes années.

Plus émue qu'elle ne voulait le laisser paraître, Emma laissa errer son regard sur les rayonnages de romans d'aventure et de bandes dessinées, la collection de soldats de plomb impeccablement alignée sur une étagère et la batte de base-ball appuyée contre le bureau de bois sombre.

Elle aurait aimé caresser de la main les objets qu'il avait touchés, s'étendre sur le lit où il avait dormi... mais bien sûr, elle n'en fit rien.

— Sept personnes ? demanda-t-elle, soudain intriguée.

— Sarah a proposé au frère de Lewis d'être des nôtres, expliqua Noah depuis le seuil de la porte. Si tu veux te rafraîchir, il y a une salle de bains de ce côté.

D'un geste, il désigna une petite pièce attenante à la chambre, avant d'ajouter :

— Je ne sais pas si je t'ai dit que mon père collectionnait les moteurs ? Il veut me montrer sa dernière trouvaille mécanique. Je te laisse, prends tout ton temps.

— A tout à l'heure, dit-elle.

Mais en se retournant, elle vit que Noah s'était déjà éclipsé.

Emma n'aurait pas détesté accompagner Noah, mais manifestement, il s'agissait d'une affaire d'hommes. Et pour être honnête, elle n'était animée d'aucune passion pour la mécanique — c'était surtout la présence de Noah qu'elle recherchait, comme si elle ne devait pas perdre une seule seconde des précieuses heures qu'il lui offrait.

Ce qui était une erreur magistrale, conclut-elle en s'approchant de la fenêtre, pensive. Entre Noah et elle, il ne s'agissait nullement d'une histoire d'amour. Ils s'étaient associés pour une durée déterminée, et dans un but précis — pour elle, tenir ses parents à l'écart le temps d'obtenir sa promotion ; pour lui, avoir le fils qui l'aiderait à donner du sens à sa vie.

Les sentiments n'avaient pas leur place dans leur partenariat, même si Noah lui avait laissé entendre qu'il la trouvait séduisante.

Refoulant les larmes qui montaient à ses yeux, Emma passa dans le cabinet de toilette pour se rafraîchir le visage. Puis elle s'assit dans un fauteuil pour attendre que Noah vienne la chercher. Ainsi, il ne pourrait pas lui reprocher de prendre auprès de Ruth une place de belle-fille qui ne lui revenait pas...

D'ailleurs, conclut-elle au terme de longues minutes de rumination morose, tout était très bien ainsi. Noah la laissait parfaitement indifférente, et le divorce lui convenait fort bien.

— Quelque chose ne va pas ? demanda Noah tandis qu'ils descendaient les escaliers quelques instants plus tard.

Impossible de rien lui cacher !

— Non, tout va bien, répliqua pourtant Emma, sans se départir de son sourire contraint.

Par chance, ils étaient déjà parvenus dans le salon où tout le monde les attendait pour l'apéritif, ce qui rendait impossible tout échange privé.

Tout en portant un toast aux fiancés, Emma nota avec une pointe de nostalgie que Sarah et Lewis formaient un couple parfaitement accordé. La conversation tourna essentiellement autour d'eux et de leurs projets, ce qui était normal. Après tout, c'était leur soirée, songea Emma avec un petit pincement au cœur.

Pourtant, tandis qu'ils passaient à la salle à manger, Emma sentit que Ruth la prenait par le bras avec gentillesse.

— Je suis si contente que vous ayez pu venir ce soir, lui glissa celle-ci à l'oreille. Vous êtes une bénédiction pour notre Noah. Vous allez lui apprendre à oublier un peu son travail...

Si seulement elle le pouvait ! Malheureusement, son emprise sur Noah était proche du zéro absolu.

Scott Wheeler, le frère de Lewis, était un garçon charmant et plein de conversation. Ravie de détourner son attention de Noah, Emma se lança avec lui dans une discussion passionnée. Cinéma, littérature... elle se prit bientôt au jeu et s'aperçut avec intérêt que sous ses airs de dilettante, ce jeune homme avait suivi le même cursus qu'elle et s'apprêtait à embrasser une carrière dans l'enseignement.

A plusieurs reprises au cours du dîner, elle crut intercepter une expression de contrariété sur le visage de Noah, mais elle ne put deviner la raison de sa mauvaise humeur. Peut-être n'était-ce qu'une impression? conclut-elle. Noah pouvait se montrer tellement fermé, quelquefois !

Finalement, la conversation générale dériva vers Noah et ses incessants déplacements à l'étranger.

— Tu n'avais pas prévu un voyage en Australie? lui demanda son père.

— Le mois prochain.

— Vous l'accompagnez, Emma?

Encore faudrait-il que j'y sois invitée! faillit s'exclamer celle-ci.

— Pas cette fois-ci, malheureusement.

— Quel dommage! soupira Ruth. Mais bien sûr, vous serez à ses côtés pour son discours à la conférence internationale de Vienne?

Vienne? Quelle conférence? Prise au dépourvu, Emma envoya à Noah un S.O.S. muet.

— Emma ne sera pas disponible à cette époque, intervint celui-ci avec une aisance d'homme politique. Elle a sa propre carrière à mener.

— Dans quel secteur travaillez-vous? intervint Scott.

Ravie d'échapper à cette maudite conférence de Vienne, Emma décocha son plus aimable sourire à Scott.

— Je suis assistante de projets chez Colman et Fisher, la société de marketing.

Et de nouveau, elle se lança avec lui dans une conversation à bâtons rompus.

Le dîner se prolongea fort tard, mais Emma n'avait pas vu passer la soirée. Elle se trouvait dans le hall aux côtés de Noah, prête à faire ses adieux, lorsqu'une réflexion de Ruth lui fit ravaler ses paroles de remerciements.

— Je vois que vous voyagez léger, Emma. S'il vous manque quoi que ce soit pour la nuit, n'hésitez pas à le demander. Et il faut me promettre de rester plusieurs jours la prochaine fois.

— Oh ! Nous ne... commença Emma, vite interrompue par Noah.

— ... sommes pas très libres en ce moment, dit-il avec un sourire visiblement contraint. Et nous sommes épuisés. Si vous voulez bien nous excuser...

Sur ce, Emma se sentit prise par le bras et menée sans ménagement jusqu'au haut de l'escalier par un Noah plus autoritaire que jamais. Elle ne tenta pas de résister mais, une fois la porte de la chambre refermée sur eux, elle se posta devant lui, furieuse.

— Tu savais que nous devions rester ! lança-t-elle, accusatrice.

— Pas du tout, c'est une invitation de ma mère.

— Que tu aurais fort bien pu décliner, lui reprocha-t-elle, acide.

Un sourire tordit les lèvres de Noah.

— Ma présence t'incommode à ce point ? Tu préfères sans doute la compagnie de Scott Wheeler ?

— Pardon ? s'exclama Emma, outrée.

Qu'essayait-il d'insinuer ?

— Tous mes compliments, tu as admirablement manœuvré. Que lui diras-tu lorsqu'il t'appellera à ton travail lundi matin pour te proposer un rendez-vous ?

Elle considéra Noah, interdite. Il s'imaginait qu'elle avait tenté de séduire ce jeune homme ? L'espace d'une seconde, elle fut tentée de s'emparer de la batte de baseball pour la lui jeter au visage.

Puis la vérité lui apparut, incroyable. Merveilleuse. Fabuleuse.

Il était jaloux.

Noah Peverell était en train de lui faire une scène de jalousie !

Aussitôt, Emma sentit sa colère s'évanouir.

— Je lui dirai que je suis mariée et heureuse de l'être, répondit-elle, incapable de dissimuler son bonheur.

Puis elle se mordit la lèvre, catastrophée. Qu'avait-elle dit ?

Mais à sa surprise, un sourire vaincu apparut sur les lèvres de Noah.

— Est-ce que je t'ai déjà dit que tu es désarmante ? demanda-t-il en lui tendant les bras.

Une seconde plus tard elle avait volé contre lui, ravie, soulagée, plus amoureuse que jamais. Et lorsqu'il l'entraîna vers le lit pour la dévêtir avec des gestes tendres, elle ne songea pas même à protester. Que la défaite était glorieuse entre les bras de l'homme aimé ! songea-t-elle, avant de s'abandonner à l'ivresse des baisers de Noah.

8.

— C'est ton budget prévisionnel qui te donne cet air rêveur et ces yeux brillants ?

Levant les yeux, Emma reconnut Carol, sa collègue de travail, qui la considérait avec amusement. Puis elle baissa le regard, les joues brûlantes de confusion. Comment avouer sans passer pour une sotte que l'objet de ses rêveries n'était autre que son mari ?

Emma toussota pour se donner une contenance, et tendit à Carol le dossier qu'elle était venue chercher. Mais à peine celle-ci avait-elle passé la porte de son bureau qu'elle plongeait de nouveau dans ses souvenirs...

De la nuit magique qu'elle avait vécue entre les bras de Noah, elle n'avait pas oublié une seule seconde. Au fil de leurs rencontres, celui-ci se révélait un amant passionné, attentif et tendre, à des lieues du mari autoritaire et froid qu'elle avait imaginé. Et sans trêve, elle se projetait en boucle le film des heures merveilleuses qu'ils avaient partagées.

Avec lui, elle avait connu cette nuit-là des élans de fièvre passionnés, des instants de tendresse bouleversants, des sommets de bonheur indicibles.

— Ma toute belle, il faut dormir à présent, avait-il murmuré peu avant l'aube, ses lèvres dans son cou.

Puis il l'avait enlacée dans un geste possessif, avant de sombrer dans le sommeil.

Au petit matin, Emma avait été éveillée par des coups rapides frappés à la porte. C'était Ruth Peverell, venue avertir Noah d'un appel téléphonique de toute urgence.

— J'arrive ! avait répondu celui-ci d'une voix encore ensommeillée, sans relâcher la pression de ses bras autour d'Emma.

Puis, très doucement, il avait murmuré :

— Excuse-moi, je t'ai réveillée.

— Bonjour, avait répondu Emma envahie d'une soudaine timidité.

Sur le visage de Noah, elle avait vu apparaître un sourire canaille.

— Tu rougis ? Après tes audaces de cette nuit ? l'avait-il taquinée.

S'empourprant de plus belle, Emma avait posé son front brûlant contre le torse large de Noah.

— Je... N'oublie pas qu'on t'attend au téléphone.

Noah avait déposé un baiser sur sa tête avant de se lever sous le regard troublé d'Emma. Avec une grâce féline, il avait enfilé ses vêtements avant de quitter la chambre.

Estimant qu'il était peu probable à présent que Noah se recouche, et maudissant silencieusement l'intrus qui lui avait volé quelques précieuses minutes auprès de lui, elle s'était assise dans le lit. Puis, prenant conscience de sa nudité, elle avait jeté un regard éperdu autour d'elle.

Ses sous-vêtements étaient disséminés çà et là sur le tapis, ses chaussures près du bureau, sa robe sur le dossier du fauteuil. D'un bond, elle s'était levée pour ramasser ses affaires avant de se diriger vers la salle de bains.

Elle achevait de boutonner sa robe lorsqu'elle vit la large silhouette de Noah se découper derrière elle, dans le grand miroir qui occupait tout un pan de mur.

— Laisse-moi faire, avait-il tendrement murmuré.

Et, sans attendre de réponse, il avait posé les doigts sur les derniers boutons de la robe. Avec une impassibilité feinte, Emma avait observé leurs reflets dans le vaste miroir. Pour un peu, avait-elle songé avec un pincement au cœur, on aurait pu les prendre pour un vrai couple...

— Je dois retourner à Londres, avait-il annoncé dans un soupir.

Il n'avait pas précisé « de toute urgence » mais il avait dû le penser très fort, car Emma avait compris que leur départ était imminent.

— Je suis prête, avait-elle déclaré en se tournant vers lui.

Il n'avait rien répondu, mais dans son regard soudain grave, Emma avait reconnu une lueur de tendresse et de gratitude mêlées.

Leurs adieux à Ruth et Brandon avaient été rapides mais chaleureux, et quelques minutes plus tard, ils roulaient déjà sur les petites routes de campagne encore désertes à cette heure matinale. Le trajet s'était agréablement déroulé, presque trop vite au goût d'Emma, peu pressée de se séparer de Noah. Qui sait quand elle le reverrait ?

— Je t'appelle un de ces jours, avait promis Noah en déposant un rapide baiser sur sa joue, après l'avoir accompagnée jusqu'à la porte de son immeuble.

Puis il s'était engouffré dans sa Jaguar et avait démarré à vive allure. L'affaire qui le rappelait un dimanche matin était-elle si urgente ? Emma s'était aperçue qu'il ne lui en avait pas dit un mot.

Méfiance à son égard ? Volonté de la préserver de ses propres soucis ? Songeuse, elle avait poussé la porte de l'immeuble pour se diriger vers l'ascenseur. En dépit de la passion qui les avait unis cette nuit, Noah lui demeurait aussi secret qu'au premier jour...

Lorsqu'elle rentra du travail ce lundi, Emma consulta anxieusement son répondeur. Pas d'appel de Noah. Le cœur lourd, elle se dirigea vers la cuisine pour se préparer une tasse de thé. Sans doute Noah avait-il été trop occupé pour la contacter, songea-t-elle, philosophe. Les conséquences de son retour précipité à Londres, probablement.

Ce n'est que le mardi qu'elle sut le fin mot de l'histoire. D'après les journaux du soir, l'une des sociétés du groupe Samara avait fait l'objet d'une OPA sauvage de la part d'un concurrent, ce qui avait obligé Noah à réagir aussitôt pour prévenir le danger.

Le mardi et le mercredi passèrent sans que celui-ci se manifeste, au mécontentement croissant d'Emma. Pourtant, songea la jeune femme en comptant les jours, Noah ne pouvait pas ignorer que sa période fertile venait de commencer.

Scott Wheeler, en revanche, ne l'avait pas oubliée. Comme l'avait prédit Noah, Emma avait été contactée à son travail par le frère de Lewis en début de semaine — et comme il l'avait également prévu, Scott n'avait pas perdu de temps !

L'espace d'un instant, Emma avait envisagé d'accepter son invitation. Noah jaloux, voilà une perspective qui ne lui déplaisait pas... Puis elle s'était ressaisie. Flirter avec Scott Wheeler, c'était jouer avec le feu.

Bien sûr, il ne s'agissait que d'une invitation à déjeuner, mais Wheeler devait être comme ces gens qui essaient de vous vendre des tapis — une fois le pied dans la porte, ils ne vous laissaient plus en paix...

Elle avait donc répondu qu'elle n'était pas disponible ce jour-là, ni le suivant, qu'elle consacrait la plupart de ses déjeuners à ses clients, et qu'elle réservait à son mari les rares occasions où elle était libre... mais qu'elle serait ravie de revoir Scott lors d'une prochaine réunion familiale.

Un vilain mensonge, certes — d'autant plus que le jour où Sarah épouserait Lewis, il y avait fort à parier qu'elle-même ne ferait plus partie de la famille, mais il fallait bien éconduire poliment l'importun !

Lorsqu'elle ouvrit la porte de son appartement ce soir-là, Emma sentit son cœur s'arrêter en entendant la sonnerie du téléphone. Noah ! En trois bonds, elle décrocha le téléphone.

— Ma chérie ? C'est maman.

Aussitôt, le monde retrouva ses couleurs grisâtres des derniers jours.

— Oui ? répondit Emma, peinant à cacher sa déception.

— J'ai appelé chez Noah, mais personne ne répondait, annonça Kaye. Il me semblait pourtant que ton mari n'avait pas de déplacement prévu cette semaine ?

— Il a une réunion très tard, improvisa la jeune femme.

— J'aurais dû m'en douter. Je l'ai vu ce midi aux informations. Il était parfait, tu ne trouves pas ?

— Pardon ? Oh, si ! s'exclama Emma avec un enthousiasme forcé.

Noah était passé à la télévision aujourd'hui ? Première nouvelle !

— Et vous ? Comment allez-vous, papa et toi ? riposta Emma, pressée de quitter le terrain miné de l'emploi du temps de son légitime époux.

Après quelques minutes de bavardage sans importance, sa mère se décida à raccrocher, au soulagement d'Emma.

— Je te laisse, déclara-t-elle d'un ton complice. Noah est peut-être en train d'essayer de te joindre.

Si seulement c'était le cas ! soupira Emma, morose. Mais lorsque 10 heures sonnèrent, il fallut se rendre à l'évidence. Il n'appellerait pas aujourd'hui. Ni peut-être demain. Ni jamais, qui sait ?

Le moral au plus bas, Emma se mit au lit. Il lui restait un espoir — que Noah la rejoigne cette nuit en utilisant son double des clés.

A d'autres ! grommela-t-elle en son for intérieur. Il n'avait pas la moindre intention de la voir.

Alors qu'il savait pertinemment que le moment le plus favorable était ce soir.

Emma sentit la colère monter en elle. Pourquoi avait-il fallut qu'elle s'éprenne de ce déplaisant personnage qui ne se donnait pas même la peine de la prévenir qu'il ne passerait pas ? Ne méritait-elle pas plus d'égards ?

Ils avaient passé un contrat. Noah devait lui faire un enfant. Cela ne se faisait pas par télépathie, tout de même ! Avait-il changé d'avis ?

Soudain, Emma sentit un étau glacial se refermer sur son cœur.

Mais bien sûr... comment avait-elle pu être aussi aveugle ? Noah ne voulait plus de cet enfant. C'était la seule explication logique à son silence.

Abattue par sa découverte, elle retint ses larmes. Il fallait pourtant se rendre à l'évidence. Noah s'était éloigné d'elle. Peut-être, à cette heure-ci, était-il avec son avocat pour préparer le divorce — car bien sûr, il allait entamer la procédure juridique dans les plus brefs délais. Il n'était pas homme à tergiverser !

Ce qu'elle ne s'expliquait pas, c'était la rapidité de son revirement. Que s'était-il passé pour qu'en quelques jours, il décide de mettre fin à leur association ? Si elle avait bonne mémoire, ils s'étaient quittés dimanche matin plutôt complices, sur la promesse de Noah d'appeler Emma très bientôt.

Dimanche matin... après une nuit d'amour enfiévrée qui n'avait jamais été au programme.

Emma retint un cri de surprise. C'était donc cela ! Cette fièvre qui les avait unis, cette flambée de passion.

Tout comme elle, Noah avait compris qu'ils avaient franchi les limites du contrat.

Il lui avait fait l'amour... avec amour.

Et maintenant, il s'en voulait.

Car les sentiments n'avaient jamais fait partie de leur accord. Emma roula sur elle-même, luttant contre une nouvelle envie de pleurer : Noah ne voulait pas l'aimer.

Aux yeux de cet homme impitoyable en affaires, tomber amoureux était une insupportable faiblesse, un dérapage non contrôlé qui pouvait mettre en danger sa carrière.

Les larmes jaillirent, brûlantes, irrépressibles.

Le lendemain matin, épuisée par sa nuit d'insomnie, Emma se leva avec peine. Mais une bonne douche et une tasse de café noir lui rendirent son humeur combative. Noah ne voulait plus d'elle ? A sa guise ! En ce qui la concernait, elle ne voulait plus de lui.

Qu'il l'appelle ou non, elle s'en moquait donc souverainement.

Vêtue d'un tailleur gris acier, Emma partit pour son travail d'un pas résolu. Seule comptait pour elle la promotion qui se trouvait enfin à sa portée après des mois d'attente. Elle n'allait pas laisser quelqu'un jouer les trouble-fête, fût-il le célèbre Noah Peverell !

Le vendredi, elle avait perdu un peu de sa détermination. Trouverait-elle le courage de snober Noah s'il téléphonait maintenant ?

Le dimanche soir, après le week-end le plus triste de sa vie, Emma n'était plus qu'une pauvre petite chose larmoyante. Il n'appellerait jamais. Tout était fini.

Il appela. Le lundi soir, alors qu'elle était au bord de la dépression nerveuse.

Maudissant sa voix chevrotante d'émotion, Emma s'efforça de répondre clairement.

— Il me semble que je n'ai pas été correct envers tes parents, venait de déclarer celui-ci.

— Correct ?

Que voulait-il dire ?

— Nous avons passé du temps chez mes parents, expliqua Noah. Il serait équitable que nous rendions aussi visite à ta famille.

Pour annoncer leur divorce, bien entendu. A la vitesse de l'éclair, les images se succédèrent dans l'esprit d'Emma. Noah assis dans le salon de ses parents, révélant l'échec de leur mariage. Le visage décomposé de sa mère apprenant la nouvelle. La fureur de son père, peut-être des éclats de voix... Non !

— Tu veux dîner chez mes parents ?

— Ou les inviter dans un restaurant près de chez eux. Si tu peux m'en recommander un, je pourrais réserver pour samedi prochain ? A condition bien sûr que vous soyez tous libres.

Emma réfléchit rapidement. Un homme sur le point d'annoncer son divorce aurait-il déployé autant d'efforts pour se montrer agréable à sa future ex-belle-famille ? Peu probable. Donc il ne parlait pas de se séparer. Donc, il n'avait pas encore renoncé. Donc...

Oh, Noah ! Etait-il possible que tout ne fût pas encore perdu ? Tout d'un coup, voilà qu'elle avait envie de sauter de joie.

— Pourquoi pas ? répondit-elle en essayant de calmer les battements frénétiques de son cœur.

Très bien, il ne voulait pas demander le divorce — du moins, pas encore. Mais était-ce une raison pour abdiquer toute fierté ? Avait-il seulement idée des affres par lesquelles elle était passée depuis qu'il l'avait quittée sur la promesse de l'appeler bientôt ? De sa tristesse en comprenant qu'il avait volontairement laissé passer sa période fertile avant de la contacter ? De sa déception, enfin, devant sa lâcheté à ne pas dire clairement qu'il ne voulait plus de cet enfant ?

Ah, il revenait ! Eh bien, elle allait lui montrer ce que c'était que d'attendre un appel qui ne venait pas.

— Je vais voir ce que je peux faire, dit-elle, distante. Je te rappelle un de ces jours.

Et elle raccrocha le combiné. Très vite, avant qu'il ne devine le trouble qui l'agitait.

Ce soir-là, étendue dans son lit, Emma évalua la situation. Quelle attitude adopter ? Sa fierté lui dictait de ne pas donner suite à la demande de Noah, mais son cœur lui criait d'accepter tout ce qui venait de lui. Que signifiait une soirée au restaurant avec lui, argumentait sa raison ? Tout ! gémissait la femme éperdument amoureuse en elle.

Au matin, après une nouvelle nuit blanche, Emma n'avait toujours pas tranché.

Mais Noah s'était chargé de résoudre la question pour elle, comme le lui apprit Kaye le lendemain soir.

— Ma chérie ? C'est moi ! Comme Noah est parti jusqu'à samedi, je voulais m'assurer que tu ne te sentais pas trop seule.

Emma ravala à temps sa remarque de surprise. Comment sa mère savait-elle que Noah était absent pour la semaine ?

— Comme tu le sais, Noah m'a téléphoné ce matin. Je lui ai conseillé le Royal Oak, on y dîne délicieusement bien. Je suis impatiente d'être samedi soir. Quelle bonne idée a eue ton mari !

— N'est-ce pas ? renchérit Emma en contenant sa fureur.

De quel droit Noah avait-il pris cette initiative ? N'était-elle pas censée s'occuper de cette soirée au restaurant ?

Après cette conversation, Emma détesta profondément Noah durant presque un quart d'heure. Un record. Mais au moment de se coucher, elle avait oublié toute sa colère pour ne garder que l'essentiel. Elle dînait avec Noah samedi soir.

— Tu devais m'appeler, lui reprocha celui-ci au téléphone, le samedi matin.

— Tu devais me laisser prévenir mes parents moi-même.

— Un point partout, annonça Noah.

Dans sa voix, il y avait un sourire. Plus que cela. De la joie.

— Je peux passer te prendre vers 6 heures ?

— Si tu veux, répondit-elle d'un ton volontairement léger.

Après tout, si ce dîner n'était qu'un prélude à l'annonce du divorce, peu lui importait. Elle allait savourer chaque minute de cette soirée de répit que le destin lui offrait, sans plus se soucier de l'avenir. Demain était un autre jour.

Pour l'instant, la seule question qui comptait était de choisir sa tenue pour la soirée.

— Superbe ! commenta Noah en parcourant Emma d'un regard admiratif.

Il était 6 heures, et elle venait de le rejoindre en bas de l'immeuble. Il se pencha vers elle pour déposer un baiser sur sa joue, avant de la prendre par le coude pour la guider vers la Jaguar.

Superbe ? Le terme aurait pu aussi s'appliquer à lui, plus séduisant que jamais dans sa tenue au négligé soigneusement étudié — costume sombre, chemise blanche sans cravate et mèche brune retombant sur son visage mat.

La soirée se déroula fort bien. La conversation fut animée, le repas délicieux, l'atmosphère agréablement détendue... sauf pour Emma, qui pas un instant ne cessa de redouter une allusion à une prochaine séparation.

Mais Noah se montra le compagnon attentif qu'il avait toujours été en présence de Kaye et Waldo Aston, à l'évidente satisfaction de ces derniers. Après un retour à Londres sans histoire, Noah déposa Emma devant chez elle. L'annonce du divorce n'était donc pas pour ce soir, comprit la jeune femme en descendant de voiture.

Comme à son habitude, Noah la raccompagna jusqu'à la porte de l'immeuble et, sur un bref au revoir, fit volte-face avant de s'éloigner à grands pas. Fallait-il qu'il soit pressé de la quitter ! songea la jeune femme avec amertume en le regardant s'éloigner.

Le vendredi suivant, alors qu'elle venait de rentrer chez elle après une semaine surchargée, Emma reçut un appel de Noah.

— J'aurais aimé te voir demain, déclara Noah, qui téléphonait de son bureau.

Le compte à rebours venait de commencer, comprit Emma avec un serrement de cœur. Noah allait-il lui annoncer franchement sa décision ou prendrait-il plus de précautions qu'à l'accoutumée ? Une chose était sûre, elle n'avait pas l'intention de l'aider. Pour s'entendre accuser de vouloir se soustraire à ses engagements ? Très peu pour elle !

— Oui ? demanda-t-elle d'un ton innocent.

— ... mais je dois m'absenter pour tout le week-end.

— Le travail avant tout, commenta-t-elle, volontairement sobre.

— J'ai essayé de t'appeler mardi. Où étais-tu ?

Surprise par le ton soudain froid de Noah, Emma hésita.

— Mardi soir ? Au travail.

— A 10 heures du soir ?

De quel droit se montrait-il aussi désagréable ?

— J'étais au restaurant.

— Seule ? Il fallait m'appeler, je t'aurais emmenée dîner.

— Qui te dit que j'étais seule ? riposta Emma, agacée.

Il y eut un silence.

— Je t'appelle à mon retour, dit sèchement Noah.

Emma n'avait pas répondu qu'il avait déjà raccroché. Qu'il pouvait se montrer désagréable !

Au fil de la semaine suivante, cependant, elle sentit son humeur s'apaiser. Et à l'approche du week-end suivant, elle était presque impatiente de revoir Noah. L'amour rendait-il toujours aussi faible ?

Dans ses moments d'attendrissement, elle en venait même à chercher des raisons au silence de Noah lors de sa dernière période fertile. Peut-être avait-il été retenu à son travail ? Peut-être avait-il été malade ?

Qui disait qu'elle n'avait pas conclu trop hâtivement à l'annonce imminente du divorce ?

Emplie d'espoir, elle songea alors que sa prochaine période fertile n'était plus que dans une semaine. Noah allait l'appeler, elle en était persuadée.

Mais la semaine suivante passa sans que Noah donne signe de vie.

Voyant ses espérances réduites à néant, Emma sombra dans un abattement sans borne. Par son silence, Noah lui confirmait ses doutes les plus douloureux. Il ne voulait pas d'enfant. Il regrettait ce mariage, auquel il allait rapidement mettre fin.

Le jeudi soir, alors que sa période fertile touchait à sa fin, Emma s'installa dans son canapé, son agenda à la main et sa calculette dans l'autre. Si Noah appelait ce soir, tout était encore possible... Par désœuvrement, elle reprit tous ses calculs.

Semaine après semaine, elle cocha donc les cases en comptant mentalement les jours... et s'arrêta en pestant. Elle se trompait. Elle recommença, et cette fois-ci elle se sentit son cœur se figer dans sa poitrine. Non, ce n'était pas possible.

Fébrilement, elle recompta une troisième fois... avant de laisser tomber son stylo, hébétée.

Elle avait tout faux, depuis le début.

Pas étonnant qu'elle ne soit pas tombée enceinte : ses périodes supposées fertiles ne l'avaient jamais été ! Mais au fait... Emma sentit une boule d'angoisse se former dans sa poitrine. La dernière nuit qu'elle avait partagée avec Noah... Etait-il possible que...

D'une main tremblante, elle s'empara de son agenda, additionna de nouveau les jours.

Oh, non. Elle était enceinte. Il ne pouvait pas en être autrement. Il ne pouvait mathématiquement pas en être autrement. Bouleversée, elle posa la main sur son ventre. Une vie nouvelle y palpitait-elle déjà ?

Le lendemain à la première heure, Emma effectua un test de grossesse et attendit, le cœur battant. Les dix minutes suivantes furent sans doute les plus longues de sa vie. Enfin, elle consulta le test.

Positif.

Elle portait l'enfant de Noah.

Il fallut à Emma toute la journée de ce vendredi pour recouvrer ses esprits. Son premier réflexe avait été de décrocher son téléphone pour annoncer la nouvelle au premier intéressé, mais elle avait interrompu son geste, prise d'un doute.

Noah ne voulait plus d'enfant, son long silence en était la preuve flagrante. Mieux valait donc ne pas l'importuner avec cette question.

— Mon petit doigt me dit que tu vas bientôt avoir une bonne nouvelle à m'annoncer ! s'écria Clive Warren, rayonnant, en entrant dans son bureau ce jour-là en fin d'après-midi.

Emma leva les yeux sur lui, abasourdie.

— Comment le sais-tu ?

— Je viens de voir le directeur des relations humaines, ton entretien est prévu jeudi prochain. Ce poste est pour toi, je le sens.

— Mon... Oui, bien sûr ! ricana nerveusement Emma en comprenant sa méprise.

Quelle sotte ! Comment Clive aurait-il pu deviner son nouvel état ?

Une fois son chef parti, elle referma le dossier posé

sur sa table et plongea son visage entre ses mains, désemparée. Difficile à expliquer, mais les paroles de Clive, qui l'auraient transportée de joie quelques semaines auparavant, la laissaient aujourd'hui presque indifférente. Qu'était-ce qu'une promotion en regard de la précieuse petite vie qu'elle portait en elle ?

En s'éveillant le lendemain matin, Emma se souvint avec soulagement qu'on était samedi. Tant mieux, car elle n'éprouvait pas la moindre envie de se rendre à son travail ! Paresseusement, elle s'étira dans son lit. Puis elle se leva... pour se ruer dans la salle de bains, secouée d'une terrible nausée.

Ce n'est qu'en milieu d'après-midi qu'elle commença de se sentir mieux. Elle se préparait une tasse de thé lorsqu'elle entendit la sonnerie du téléphone. Elle se figea, indécise. Devait-elle annoncer dès maintenant la nouvelle à sa mère ?

— Excuse-moi de ne pas t'avoir appelée plus tôt, dit une voix masculine aux inflexions graves.

Noah !

— Je suppose que tu as été très occupé.

— Plus que tu ne crois. Mais qui veut la fin veut les moyens...

Que voulait-il dire ? Emma n'eut pas le temps d'approfondir cette remarque sibylline, car il poursuivit :

— Je t'emmène dîner ce soir. Si tu es libre, bien sûr.

Emma sentit son cœur s'emballer — c'était le moment de parler du bébé ! Puis son enthousiasme retomba. N'était-ce pas plutôt le moment de parler du divorce ?

— Je suis libre, confirma-t-elle.

— Parfait. Je passe te prendre vers 8 heures.

A 8 heures précises, Noah sonnait chez elle. Vingt minutes plus tard, ils étaient attablés dans un petit restaurant au décor luxueux et à la carte délicieusement alléchante. Qu'elle avait faim, tout d'un coup !

— Gin tonic ? proposa Noah. A moins que tu ne préfères du vin ?

— G... jus d'orange.

Noah lui glissa un regard surpris, mais commanda ce qu'elle avait demandé.

— C'est un plaisir de te voir à table, déclara-t-il durant le dîner, visiblement ravi.

— Oh, mais je mange pour d...

Emma retint à temps le mot « deux ».

— ... pour la première fois de la journée, reprit-elle. Je n'ai pas eu le temps de déjeuner ce midi. Au fait, mon entretien a lieu jeudi.

— Pour ta promotion ? Sois tranquille, je suis sûr que tu vas l'avoir.

— Merci, répondit Emma, flattée de sa confiance. Et toi ? Toujours en déplacement aux quatre coins du monde ?

— Non, je suis resté à Londres ces derniers temps.

Ces paroles firent à Emma l'effet d'une douche froide. Il était à Londres tout ce temps ? Dans ce cas, ses soupçons se confirmaient. Il ne voulait plus d'enfant avec elle.

— On dirait que tu as renoncé à l'idée d'avoir un enfant ? lança-t-elle d'un ton ironique.

— Disons que ce n'était peut-être pas une si bonne idée.

L'heure de l'annonce du divorce était venue. Refusant de montrer sa tristesse à Noah, Emma détourna précipitamment le regard.

— Je pars pour Vienne la semaine prochaine, l'entendit-elle poursuivre.

Vienne ? Quel rapport avec le divorce ? Intriguée, Emma le dévisagea. Pour un homme sur le point d'aborder une question aussi délicate, il paraissait étrangement satisfait.

— Pour cette... fameuse... conférence internationale ? articula-t-elle sans comprendre où il voulait en venir.

— Exactement. Je rentre à Londres le samedi suivant et ensuite, je vais enfin pouvoir prendre du temps pour moi.

— Plus de voyages à l'étranger ?

— Mon directeur adjoint s'en chargera. En ce qui me concerne, j'ai d'autres projets.

Des projets dont elle ne faisait pas partie, comprit Emma, le cœur en miettes.

— Un dessert ?

L'appétit coupé, Emma secoua la tête négativement. Elle se sentait soudain fatiguée, et vaguement nauséeuse. Tout ce qu'elle voulait, c'était rentrer chez elle pour se coucher et oublier Noah.

— Eh bien... bonsoir, dit-elle sans même le regarder, quelques minutes plus tard.

Ils se trouvaient au pied de son immeuble, où Noah venait de la raccompagner. Mais au moment où elle se détournait, elle sentit qu'il l'entourait de ses bras pour l'approcher de lui. Figée de stupeur, elle le laissa déposer un baiser sur ses cheveux, puis il lui rendit sa liberté.

— Bonne nuit, madame Peverell, chuchota-t-il avec une infinie tendresse.

Puis il s'éloigna à grands pas dans la nuit, laissant Emma plus désemparée que jamais.

Pourquoi ce baiser, se demanda-t-elle cette nuit-là étendue dans son lit, si Noah s'apprêtait à mettre fin à leur mariage ?

Le lendemain matin, Emma fut prise d'un vertige au lever du lit. Comme la veille, elle n'eut que le temps de courir jusqu'au cabinet de toilettes.

L'inventeur du terme « nausées matinales » n'était qu'un aimable plaisantin, songea-t-elle ce soir-là, amère et épuisée. Depuis le matin, il lui semblait avoir élu domicile dans sa salle de bains.

Le lendemain, au prix d'un effort considérable, elle parvint à se rendre à son travail. Mais pour la première fois depuis le début de sa carrière, elle quitta le bureau à 17 heures précises pour rentrer se mettre au lit.

Le mardi et le mercredi passèrent comme un mauvais rêve. Le seul fait de rester à la verticale était un supplice.

— Tu es livide comme un spectre, s'inquiéta Carol. Pourquoi ne rentres-tu pas te coucher?

— Jamais! déclara Emma en serrant les dents.

Mais le jeudi matin, elle fut tout simplement incapable de se lever. Soudain, plus rien n'avait d'importance. Son travail, sa promotion, son entretien qui avait lieu ce jour même... non, rien ne comptait à ses yeux.

Tout ce qu'elle voulait, c'était avoir sa mère auprès d'elle. Mais où trouver le courage d'expliquer à celle-ci qu'à la naissance du bébé, le divorce serait prononcé?

Quant à Noah, il se trouvait à Vienne, occupé à des questions autrement plus importantes que cet enfant dont il ne voulait plus. Secouée de larmes, Emma enfonça la tête dans son oreiller.

Les heures passèrent, mornes et nauséeuses. Emma perdait la notion du temps. Elle parvint à appeler à son travail pour prévenir de son absence, avant de se laisser retomber sur ses oreillers, à bout de forces.

Plus tard, il lui sembla entendre la sonnerie du téléphone, mais dans un demi-sommeil, elle renonça à répondre. De nouveau, les minutes, les heures s'écoulèrent.

Puis elle fut réveillée par le bruit caractéristique d'une clé dans la serrure.

Elle sursauta, affolée. On entrait par effraction. Un cambrioleur!

Paralysée par l'angoisse, elle tendit l'oreille. Dans le silence de l'appartement, des pas feutrés se firent entendre. Que faire? Impuissante et désespérée, elle posa les yeux sur la porte de sa chambre. De l'autre côté, les pas s'étaient arrêtés. Puis elle vit la poignée s'abaisser lentement, et le battant s'ouvrir.

Dans son état de faiblesse, elle ne pourrait pas lutter contre l'intrus.

Presque assourdie par les violents battements de son cœur, elle vit une silhouette s'encadrer dans l'entrée de la chambre.

Un homme brun et mat à la stature athlétique, vêtu d'un costume à la coupe impeccable.

Emma cligna des yeux pour s'assurer qu'elle n'était pas la proie d'une hallucination.

— Noah ?

9.

— Que... que fais-tu ici ? bégaya-t-elle.

Noah s'approcha du lit en quelques enjambées, une expression inquiète sur son beau visage grave.

— Je pourrais te retourner la question, répliqua-t-il d'une voix tendue.

A grand-peine, Emma s'assit sur son lit.

— Je te croyais à Vienne !

— Et moi, je te croyais en entretien.

Il la dévisagea d'un regard soucieux, avant de reprendre :

— Que se passe-t-il, Emma ?

— Rien ! mentit-elle.

Puis, comprenant la raison qui l'avait amené chez elle, bien qu'elle ne s'expliquât pas pourquoi il avait choisi un tel moment, elle ajouta :

— Tu es venu pour le divorce ?

A ces mots, elle vit Noah se pencher sur elle, les yeux agrandis par l'inquiétude, et poser une main sur son front.

— Tu délires, murmura-t-il.

Délirer ? Sans doute, puisqu'elle voyait Noah à son chevet, alors qu'il aurait logiquement dû se trouver à des centaines de kilomètres de Londres à cet instant précis !

— Je ne vois pas pour quelle autre raison tu serais ici ?

— Je suis ici parce que Clive Warren...

— Mon patron ?

— Oui, expliqua Noah en s'asseyant sur le lit. J'ai appelé à ton travail.

— Depuis Vienne ?

— Bien sûr. Je voulais te souhaiter bonne chance pour ton entretien.

— Il ne fallait pas..., murmura Emma, attendrie.

— Au contraire. Cela m'a permis d'apprendre que tu étais malade. J'ai téléphoné ici...

Alors c'était lui ? Si elle avait su !

— ... mais comme tu ne répondais pas, poursuivit Noah, j'ai appelé tes parents.

De nouveau, Emma sursauta.

— Et j'ai discrètement fait en sorte que ta mère me confirme que tu n'étais pas là.

Emma sourit.

— Si maman avait appris que j'étais malade et que tu ne savais pas où me trouver...

— Elle aurait fait une crise de nerfs, conclut Noah, un sourire complice aux lèvres. Donc, j'ai téléphoné de nouveau à Clive Warren pour en savoir plus.

— Je suis désolée, murmura Emma. Je te donne du tracas alors que tu es déjà débordé de travail.

Tellement débordé de travail, ajouta-t-elle en son for intérieur, qu'elle ne comprenait toujours pas pour quelle raison il avait quitté Vienne si précipitamment. Pas à cause d'elle, tout de même ?

Non, bien entendu. C'était absurde !

Pourtant... Oh, elle ne savait plus que penser !

— Selon Warren, tu devais être vraiment mal en point pour ne pas venir au bureau — surtout un jour comme celui-ci.

Noah marqua une pause, avant d'ajouter :

— Dis-moi ce qui ne va pas, Emma.

— Rien. Rien du tout.

Puis elle détourna les yeux, incapable de soutenir le regard inquisiteur de son compagnon.

— J'appelle un médecin tout de suite.

— Non ! s'écria Emma en se redressant.

— Mais enfin, regarde-toi ! Tu es blanche comme un linge, tes yeux sont brillants de fièvre, tu...

— Je me sens déjà mieux, l'interrompit Emma. J'avais seulement besoin d'une journée de repos.

De nouveau, Noah la dévisagea avec intensité.

— Dis-moi ce qui t'arrive.

— Rien. Juste... des petits tracas féminins, improvisa Emma.

Mais Noah ne parut pas se contenter de si maigres explications.

— Quelle sorte de tracas ? C'est la première fois que tu es obligée de t'aliter.

— Je t'en supplie, dit-elle avec lassitude, je n'ai pas envie d'en parler.

— Eh bien moi, si.

D'un geste très tendre, il prit ses mains entre les siennes, si chaudes et rassurantes.

— Mais tu as les mains glacées ! s'écria-t-il avec un accent d'inquiétude sincère.

Oh, Noah ! Savait-il le mal qu'il lui faisait en se montrant si prévenant ? Le mal... et le bien aussi, car si rien n'était plus doux que de le voir aussi soucieux pour elle, rien n'était plus douloureux que de savoir qu'il n'agissait ainsi que par bonne éducation.

Emma détourna le regard, indécise. Il fallait lui parler de sa grossesse, Noah avait le droit de savoir. Mais en même temps que son nouvel état, elle avait découvert le bonheur de se savoir bientôt mère, et la peur de devoir un jour se séparer du bébé. Après tout, même si Noah avait affirmé ne plus être sûr de vouloir cet enfant, qui disait qu'il ne reviendrait pas à son projet initial en apprenant sa prochaine paternité ?

Que faire, que faire ?

— Je vais très bien, affirma-t-elle en levant de nouveau les yeux vers son compagnon.

Seigneur, pourquoi la couvait-il de ce regard bouleversé ? Voilà qu'elle se sentait plus faible que jamais, à présent...

— Je t'assure que tout va parfaitement bien, reprit-elle en ravalant un sanglot. Tu n'as aucune raison de t'inquiéter, et je... et je... Oh, Noah !

Une seconde plus tard, il avait refermé les bras autour d'elle et la serrait contre son torse solide.

— Ma chérie, dis-moi ce qui ne va pas.

— Ne sois pas si gentil avec moi, supplia-t-elle, ou je vais fondre en larmes.

— Alors je te consolerai, l'entendit-elle murmurer.

Emma raffermit sa voix.

— C'était... gentil de penser à me souhaiter bonne chance.

— Non, c'était normal. Ce n'est pas tous les jours que la femme de ma vie passe un entretien décisif pour elle.

Lovée contre lui, Emma ferma les yeux pour mieux savourer son bonheur. La femme de sa vie ! Bien entendu, il ne l'avait appelée ainsi que par gentillesse. Mais qu'elle se sentait bien, ainsi bercée entre ses bras solides !

— Crois-tu... crois-tu que nous pourrons rester amis ? demanda-t-elle dans un souffle.

— Pourquoi pas ?

Puis, après un long silence, elle l'entendit ajouter :

— Ce serait important pour toi, que nous restions amis ?

Pour la première fois depuis qu'elle le connaissait, elle crut déceler une hésitation dans sa voix.

— Ma foi... nous avons tout de même été... comment dire... assez proches, avoua Emma, choisissant ses mots avec prudence. Et j'ai fini par... apprendre à t'apprécier.

— Je suppose que c'est un bon début.

Puis elle sentit qu'il la prenait par les épaules pour la regarder droit dans les yeux.

— Oh, mon cœur ! Tu as l'air d'une pauvre petite chose toute chiffonnée !

Emma redressa les épaules dans un sursaut de fierté.

— N'oublie pas que tu t'adresses à une respectable femme mariée.

— Et toi, n'oublie pas que tu t'adresses à un respectable homme marié terriblement inquiet.

— Terriblement inquiet ?

— Pour toi.

— Oh, non ! supplia Emma. Ne t'inquiète pas pour moi. Dis-moi seulement...

— Oui ? l'encouragea-t-il.

— Dis-moi seulement que tu m'aimes bien.

— Je t'aime beaucoup, dit-il en la serrant de nouveau contre lui. Je crois que je t'ai aimée... beaucoup depuis les premiers jours de notre mariage. En fait, plus je te connaissais, plus je t'aimais... beaucoup.

— Vraiment ? chuchota Emma, incrédule.

— Oui. Ce jour où je suis sorti de l'église à tes côtés, j'ai pris conscience que j'avais à mon bras la femme la plus merveilleuse qui soit. Je me suis senti... différent. Très ému.

Emma n'en croyait pas ses oreilles.

— Mais je pensais que tu ne voulais pas entendre parler d'engagement affectif ?

— Exact. J'ai changé. Tu m'as changé.

— Moi aussi, avoua Emma d'un trait.

— Que veux-tu dire ?

Elle se mordit la lèvre, mal à l'aise. Elle en avait dit trop... ou trop peu. Mais à présent, il n'était plus temps de tergiverser. Avec Noah, cet homme dont elle portait l'enfant, elle voulait se montrer le plus honnête possible.

— Je veux dire... que moi aussi, j'étais très émue ce jour-là. Je n'aurais voulu... d'aucun autre homme que toi à mon bras.

Il fallait parler de l'enfant. Il le fallait. Oh, pourquoi n'en trouvait-elle pas le courage ?

— Emma, murmura Noah. Est-ce que c'est important pour toi de savoir que je t'aime beaucoup ?

— Eh bien... il est toujours plus agréable d'être apprécié que détesté.

Au regard insondable qu'il posa sur elle, Emma comprit qu'il avait attendu une autre réponse. Mais laquelle ? Etait-il en train de lui dire qu'il... ?

Non, c'était impossible.

Noah n'était pas homme à s'éprendre ainsi.

Pourtant...

— Emma... Et si je te disais que je t'aime... plus que beaucoup ?

Le cœur affolé, elle plongea ses yeux dans le regard brûlant de Noah. A présent, c'était lui qui semblait le plus fiévreux !

— Si je te disais que je t'aime ? l'entendit-elle poursuivre, comme en un rêve.

— Que... tu... m'aimes ? articula-t-elle, incrédule.

— De toutes les fibres de mon être.

Il l'aimait. Il l'aimait ! Il venait de le dire. Mais elle refusait d'y croire. Il ne se conduisait ainsi que pour la consoler. N'est-ce pas ?

— Du calme, Noah, répliqua-t-elle en raffermissant sa voix.

Puis, avec un rire contraint, elle ajouta :

— Encore un peu et tu vas me demander en mariage !

Mais à sa surprise, Noah ne rit pas avec elle. Au contraire, elle vit son regard s'assombrir tandis que ses traits se durcissaient.

— Ce qui est certain, c'est que je ne supporterai pas de divorcer.

Elle le dévisagea, stupéfaite.

— Ce n'est pas pour cela que tu es venu ?

— Certainement pas ! Que croyais-tu ?

— Eh bien... que tu...

Emma n'acheva pas sa phrase. Voilà qu'elle tremblait comme une feuille à présent ! Noah venait-il réellement de lui affirmer qu'il l'aimait et ne voulait plus divorcer ?

— Ma chérie, que se passe-t-il ?

Il fallait lui parler du bébé. Il le fallait impérativement. Emma ouvrit la bouche, mais les mots ne venaient pas.

— Emma, insista Noah. Dis-moi ce qui se passe dans cette jolie petite tête ?

— Voilà, je... Nous voulons être totalement honnêtes l'un vis-à-vis de l'autre, n'est-ce pas ?

— Absolument, l'encouragea-t-il.

— Dans ce cas tu dois savoir que... enfin, tu ne m'as pas contactée il y a deux semaines... au moment où...

— Où tu aurais pu tomber enceinte ? formula Noah sans détour.

— Oui. C'était volontaire, n'est-ce pas ?

— Tout à fait, renchérit Noah... avant de se pencher vers Emma pour déposer un baiser sur ses lèvres, ajoutant encore à la confusion de la jeune femme.

Mais quel jeu jouait-il ?

— Je ne comprends pas, dit-elle. J'ai pensé que tu ne voulais plus de cet enfant, et par conséquent, que tu allais demander le divorce rapidement.

Noah la regarda avec surprise.

— Ne me dis pas que tu n'as rien vu ?

— A quel propos ?

— Mes sentiments. Ce que je ressentais pour toi !

— Le fait que tu m'... m'aimes ? balbutia Emma, troublée.

De nouveau, Noah la prit contre lui.

— Mais oui, mon cœur ! Si tu savais combien je t'aime...

— Alors pourquoi...

— Pourquoi me suis-je montré si distant ?

Noah laissa échapper un soupir, avant de reprendre :

— Au début, je n'ai pas compris ce qui m'arrivait. J'étais persuadé qu'il n'y avait pas de place dans ma vie pour une véritable relation. Pour les sentiments. Puis j'ai pris conscience que je t'aimais.

— Quand ? demanda timidement Emma.

— C'était à cette soirée chez mes parents, pour les fiançailles de Sarah et Lewis.

Tout en l'écoutant, Emma passa son bras autour de la taille de Noah. Elle avait besoin de sentir sa chaleur, sa présence tout près d'elle.

— Tu t'en souviens sans doute, nous n'avions pas prévu d'y passer la nuit. Mais il y a eu ta conversation avec Scott Wheeler, et sa façon de te couver du regard. Je n'ai pas pu le supporter. Quand je t'ai vue lui sourire, et rire avec lui, j'ai senti monter en moi une colère incroyable. A une autre époque, je l'aurais défié en duel.

Emma sourit à cette image.

— Ne me dis pas que tu étais jaloux ?

— Si tu m'avais posé la question ce soir-là, je ne l'aurais pas admis pour tout l'or du monde. Mais avec le recul... enfin, disons que j'ai eu besoin de me prouver — de te prouver que tu n'étais qu'à moi.

Il marqua une pause, avant d'ajouter :

— Un peu archaïque, je l'admets volontiers.

Mais tellement émouvant ! songea Emma par-devers elle.

— Est-ce que tu m'en veux ? demanda-t-il d'une voix tendue.

— Non. Tu es pardonné, répondit-elle, malicieuse.

Comme s'il avait attendu sa réponse avec anxiété, il se pencha vers elle pour effleurer son front de ses lèvres.

— Tu m'as dit tout à l'heure que tu m'aimais bien, l'entendit-elle murmurer contre ses cheveux. Puis-je espérer que tu ressentes d'autres sentiments pour moi ?

— Tu le peux, répondit-elle, incapable de lui avouer plus directement son amour. Mais tout cela est si... inattendu pour moi. J'ai vraiment cru que tu voulais divorcer.

— Je sais. Tout est de ma faute. J'aurais dû faire les choses dans l'ordre.

— Dans l'ordre ?

Intriguée, Emma le regarda. Que voulait-il dire ?

— Avant de t'épouser, j'aurais dû te courtiser. Mais si tu m'y autorises, je vais m'employer à rattraper le temps perdu. Ce colloque à Vienne devait marquer la fin de cette période de travail surchargée. Désormais, je veux rester ici. Près de toi.

Chavirée, Emma raffermit sa prise autour de sa taille, comme pour se convaincre qu'elle ne vivait pas un rêve éveillé.

— Mais... si tu voulais être avec moi, tu le pouvais. Ne m'as-tu pas dit que tu étais resté à Londres ces derniers temps ?

— Si. Et ça a été un véritable supplice de ne pas t'appeler.

— Je ne comprends pas.

— C'était précisément ta période fertile. Et je ne voulais pas être avec toi uniquement pour cela — pour concevoir un enfant. Je voulais que tu saches que c'était toi qui comptais, et toi seule.

— Mais... le bébé... ? bégaya Emma.

— Plus tard. Je te veux à moi, rien qu'à moi, le plus longtemps possible.

— C'est merveilleux, gémit Emma, plus confuse que jamais.

Ils restèrent immobiles de longues minutes, tendrement enlacés.

— Si tu savais comme j'ai eu peur ! dit Noah, rompant le silence.

— Peur, toi ?

Noah sourit.

— Et si tu n'avais pas voulu de moi ? Tu étais tellement réservée !

Il marqua une pause, avant d'ajouter :

— C'est pour cela que je t'ai proposé de dîner avec tes parents. Je savais que devant eux, tu te montrerais plus chaleureuse avec moi. Je n'avais pas prévu que j'aurais autant de mal à te quitter, après t'avoir raccompagnée chez toi.

Pourtant, Emma n'avait pas oublié la façon presque cavalière dont il avait tourné les talons ce soir-là, après un au revoir des plus expéditifs !

— J'aurais tant voulu que tu m'invites à monter chez toi... à passer la nuit avec toi. C'est ce jour-là que j'ai compris que je ne pouvais pas continuer à travailler autant. J'ai réorganisé mon temps, réparti autrement ma charge de travail avec mon équipe.

Avec une tendresse infinie, il prit la main d'Emma.

— Tu ne m'as pas répondu tout à l'heure, poursuivit-il. M'autorises-tu à te faire la cour ?

— Alors c'est sûr et certain ? Tu ne veux pas divorcer ?

— Madame Peverell, vous n'écoutez pas ce que je dis ! fit-il mine de se fâcher, avant de reprendre d'une voix radoucie : Tout à l'heure, tu m'as dit que je pouvais espérer que tu ressentes d'autres sentiments pour moi. Pourrais-tu être plus précise ?

— Noah ! s'écria Emma en le serrant convulsivement contre elle. Si tu savais comme je t'aime !

Enfin, les mots d'amour avaient jailli de son cœur... Et, comme Noah l'observait d'un regard où se mêlait l'angoisse et le bonheur, elle poursuivit :

— Je t'ai aimé depuis le début. Depuis notre première nuit ensemble. Depuis le moment où, au lieu de te fâcher contre moi, tu m'as proposé une tasse de thé.

Devant le regard étonné de son compagnon, elle rit.

— Depuis si longtemps ? demanda Noah, manifestement incrédule. Tu m'aimes depuis si longtemps ?

— Oui, murmura-t-elle simplement, rougissante.

Alors elle se sentit emportée entre deux bras solides et tendres. Chavirée de bonheur, elle posa la tête sur le torse large de Noah — ce torse sous lequel un cœur d'homme battait pour elle.

Elle ferma les yeux pour mieux savourer ces instants de pure joie dont la vie lui faisait cadeau.

— Mon amour, chuchota Noah d'une voix bouleversée. Mon cher et tendre amour...

Puis il posa les mains sur ses épaules pour l'obliger à le regarder.

— Tu as meilleure mine, commenta-t-il. Tu ressembles déjà plus à ma petite Emma. Mais maintenant, je veux savoir la vérité. De quel mal souffres-tu ? Je te trouverai le meilleur spécialiste, mais il faut que je sache.

— Eh bien, en fait, je..., balbutia Emma, intimidée par l'aveu qu'il lui restait à faire.

D'un geste tendre, Noah caressa ses cheveux.

— Je t'écoute, l'encouragea-t-il. Quels sont ces problèmes féminins qui t'obligent à t'aliter, toi qui n'es jamais malade ?

— Voilà, tu... tu sais que je n'ai jamais été mariée, commença Emma, cherchant ses mots.

Noah la regarda, intrigué.

— Ton état de santé a quelque chose à voir avec le fait que tu sois mariée ?

Sur son visage, Emma vit la perplexité céder la place à une expression horrifiée.

— Est-ce... à cause de moi ? articula-t-il avec difficulté.

— A moitié. Et il n'y a rien d'alarmant dans le fait que je sois malade. En réalité, je pense que c'est même plutôt normal.

— Je ne comprends pas, murmura Noah, dont le teint soudain livide démentait ses paroles.

Commençait-il à mesurer les implications de ce qu'elle essayait de lui faire deviner ? s'interrogea Emma.

— Pour être plus précise, expliqua-t-elle, je suis moins douée pour les chiffres que nous ne le pensions tous les deux.

— Ce qui signifie... ?

— Que je me suis trompée dans mes calculs, acheva-t-elle.

Voyant le visage décomposé de Noah, elle ajouta :

— N'oublie pas que cela est tout nouveau pour moi. Comme je le disais, c'est la première fois que je suis mariée. Bref, voilà la raison pour laquelle je dois désormais remplacer le gin tonic par du jus d'orange. Et tu me fais mal.

— Pardon ! s'écria Noah d'une voix blanche en desserrant l'étau de ses mains sur les épaules d'Emma.

Puis, tout en caressant nerveusement les bras de sa compagne, il demanda, dans un souffle rauque :

— Emma... qu'es-tu en train de me dire ?

— Que j'ai mal au cœur dès que je pose les pieds à terre, et que celui qui a inventé le terme de nausées matinales est un aimable plaisantin car, en ce qui me concerne, cela dure jusqu'en fin d'après-midi, et que...

— Nausées matinales ? Mais alors tu es... tu es... ?

— Enceinte, oui.

Alarmée par l'expression de stupeur complète qu'offrait Noah, elle s'enquit :

— Je sais que cela ne te fait pas particulièrement plaisir, mais je...

— Pas particulièrement plaisir ? Mais je suis le plus heureux des hommes !

D'un geste, il l'entoura de ses bras et la serra à l'étouffer.

— Mon amour, oh, mon amour..., répéta-t-il. Tu portes mon enfant. Notre enfant.

De longues minutes, il la berça contre lui, tout en parsemant son visage de baisers.

— C'est pour cela que tu es malade ? C'est à cause du bébé ?

Emma acquiesça d'un signe de tête.

— Ma chérie ! s'exclama Noah, bouleversé. C'est à cause de moi que tu souffres autant !

— Je ne me souviens pas m'être plainte de mon état, dit Emma, rayonnante de bien-être.

Car soudain, elle se sentait merveilleusement bien. Entre les bras de Noah, rien de mal ne pouvait lui arriver...

— Tu as meilleure mine, confirma celui-ci avec un perceptible soulagement. Mais dis-moi... depuis combien de temps le savais-tu ? Si je ne me trompe pas, tu as pris du jus d'orange au restaurant, le soir où nous avons dîné ensemble ?

— Je venais de l'apprendre.

— Et tu ne m'as rien dit...

Emma vit son expression se figer.

— Tu avais l'intention de m'en parler, n'est-ce pas ?

— J'avais décidé de t'annoncer la nouvelle samedi dernier, mais...

— Mais ce soir-là, je t'ai dit qu'avoir un enfant ne me paraissait plus une si bonne idée, compléta Noah.

— Tu ne pouvais pas deviner... et je dois t'avouer que la perspective de me séparer du bébé m'a soudain semblé insupportable. Lorsque j'ai accepté le marché que tu me proposais, je n'avais pas conscience de cela. Cette force qui me lie au bébé.

Emma laissa échapper un soupir songeur.

— Je ne sais pas si l'instinct maternel existe ou non, mais je sais que je ne supporterai pas que mon enfant grandisse loin de moi.

— Il n'en est pas question. Moi non plus, je n'ai pas mesuré la folie de ce projet.

Un tendre sourire éclaira le visage de Noah.

— Je veux que mon enfant grandisse entre ses deux parents. Mais dans l'immédiat, mon seul souci, c'est toi.

— Je vais déjà mieux, assura Emma. D'ailleurs, on dit que les nausées matinales disparaissent après quelque temps.

— Espérons qu'« on » a raison. Mais quoi qu'il en soit, je veux prendre soin de toi comme tu le mérites. Je te ramène à la maison.

— A la maison ?

— Bien sûr. A moins que tu ne préfères que je m'installe ici, le temps que nous trouvions un cottage à la campagne ?

— Tu veux... que je vienne vivre avec toi ?

— N'es-tu pas ma femme ? demanda-t-il sur ton de l'évidence.

Et, comme s'il craignait de laisser le moindre doute, il reprit :

— Moi qui pensais avoir envisagé ce projet sous tous les angles, je n'ai pas pensé une seconde que je tomberais follement amoureux de la femme que j'épouserais... et encore moins que je voudrais vivre avec elle. Mais c'est ce qui est arrivé.

Il marqua une pause, avant d'ajouter d'une voix émue :

— Je veux vivre avec toi le reste de ma vie, Emma. Je veux t'aimer, te chérir et te protéger. Et je veux voir grandir nos enfants dans la maison que nous choisirons ensemble.

— Nos enfants ?

Noah sourit.

— Plus on est de fous, plus on rit !

— Oh, Noah ! murmura Emma en lui tendant les mains, vibrante d'amour pour lui. Emmène-moi !

Il se pencha vers elle pour la soulever entre ses bras solides.

— Alors allons-y, madame Peverell. Votre mari ne supportera pas de vivre loin de vous une heure de plus.

BEST SELLERS

Les Best-Sellers Harlequin, c'est la promesse d'une lecture intense : romans policiers, thrillers médicaux, drames psychologiques, sagas, ce programme est riche d'émotions.

Ne manquez pas, le 1er septembre :

Promesse et défi, *de Debbie Macomber • N° 155*

A la mort de son père, Margaret Clemens se retrouve à la tête d'une immense fortune. Elle est aussi une femme très seule. Ce qui n'étonne personne à Buffalo Valley car Margaret a tout d'un garçon manqué. Elle crée la surprise en tombant amoureuse de Matt Eilers, qui passe pour un véritable coureur de jupon, et nul ne donne cher de leur mariage hâtivement décidé. Mais leur union fait mentir tous les pronostics, du moins jusqu'à ce qu'un élément extérieur s'immisce entre eux, rappelant que Matt a un passé tumultueux, terreau fertile pour la vengeance et le chantage…

Retrouvez "Chronique de la Vallée", l'émouvante saga de Debbie Macomber.

Sacrifice, *de Meg O'Brien • N° 156*

Dans la paisible petite ville de Carmel, le choc est total quand Marti Bright est retrouvée assassinée dans des circonstances effroyables. Sa meilleure amie Abby Northrup cherche à comprendre. Se penchant sur le passé récent de la victime, elle s'aperçoit que Marti, qu'elle croyait si proche, cachait en réalité bien des secrets. Et quand les premières ombres commencent de se lever, elle s'avise avec horreur que son sort est lié à celui de son amie défunte. Mais n'est-il pas trop tard pour se mettre à l'abri?

L'héritière de Calistoga, *de Christiane Heggan • N° 157*

C'est avec une immense fierté non dissimulée que Rachel Spaulding apprend que les vignes familiales de Calistoga lui reviennent par héritage. Pour sa sœur Annie, la pilule est amère. Après tout, Rachel n'est pas une enfant légitime, mais adoptée. Une adoption entourée de dangereux secret, qu'Annie charge un détective de leur connaissance, Gregory Shaw, de découvrir. Et lorsque le scandale revient sur le devant de la scène tant d'années plus tard, Gregory ne peut plus échapper au drame qu'il a involontairement suscité. Ni aux foudres de Rachel Spaulding, aussi rancunière qu'elle a été amoureuse de lui…

La maison de Palm Street, *de Robyn Carr • N° 158*

A la veille de son cinquantième anniversaire, Gabby Marshall s'en est allée brusquement, emportant avec elle sa générosité, sa bonne humeur, son optimisme. Et laissant ses quatre amies, Elly, Sable, Barbara Ann et Beth comme orphelines, privées de son soutien. Elles sont toutes écrivains, et toutes soudain atterrées devant l'impasse où se trouve leur vie. Mais, tandis qu'elles mettent de l'ordre dans les papiers de leur amie, tout un pan caché de la vie de Gabby leur apparaît. A travers l'exemple incroyable qu'elle leur donne à titre posthume, cette femme remarquable va les inviter à revoir leurs propres vies.

La dernière énigme, *de Margot Dalton (N° 118) - réédition*

Enceinte, Jackie n'est toujours pas décidée à partager la vie de son compagnon, Paul Arnussen. La nouvelle maison qu'elle vient d'acheter pour y vivre avec son enfant la comble d'aise. Mais un jour, en plantant des fleurs dans son propre jardin, elle découvre avec stupeur des ossements humains enterrés là...

Une nouvelle enquête passionnante de Jackie Kaminski.

La collection BEST-SELLERS est en vente au rayon poche Harlequin.

COMMANDE...COMMANDE...COMMANDE...

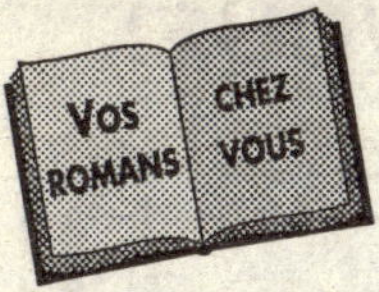

Ces volumes sont disponibles auprès du Service Lectrices dans la limite des stocks. Si vous souhaitez commander certains titres, cochez les livres choisis et indiquez vos coordonnées dans le bon de commande ci-joint.

Chaque volume est vendu au prix de 2,85 €, auquel s'ajoutent 2,05 € par colis pour la participation aux frais de port et d'emballage.

N'envoyez pas d'argent aujourd'hui, une facture accompagnera votre colis.

Renvoyez ce bon à : Service Lectrices HARLEQUIN
CÉDAP / BP 77 - 94232 CACHAN CEDEX.

Mme ☐ Mlle ☐ Si abonnée, n° :

NOM

Prénom

Adresse

Code Postal Ville

Tél. :

Adresse e-mail

Signature indispensable

Date d'anniversaire

Le **Service Lectrices** est à votre écoute au **01.45.82.47.47**
du lundi au jeudi de 9h à 17h et le vendredi de 9h à 15h.

Conformément à la loi Informatique et Libertés du 6 janvier 1978, vous disposez d'un droit d'accès et de rectification aux données personnelles vous concernant. Vos réponses sont indispensables pour mieux vous servir. Par notre intermédiaire, vous pouvez être amené à recevoir des propositions d'autres entreprises. Si vous ne le souhaitez pas, il vous suffit de nous écrire en nous indiquant vos nom, prénom, adresse et si possible votre référence client. Vous recevrez votre commande environ 20 jours après réception de ce bon.

Offre réservée à la France métropolitaine et soumise à acceptation.

Composé sur le serveur d'Euronumérique, à Montrouge
par les Éditions Harlequin
Achevé d'imprimer en juillet 2002

BUSSIÈRE

GROUPE CPI

à Saint-Amand-Montrond (Cher)
Dépôt légal : août 2002
N° d'imprimeur : 23287 — N° d'éditeur : 9416

Imprimé en France